Georg Klein, 1953 in Augsburg geboren, veröffent-
lichte die Romane «Libidissi» (rororo 24258), «Bar-
bar Rosa» (rororo 24431), «Die Sonne scheint uns»
(rororo 23793) und «Sünde Güte Blitz» (rororo
24759) sowie den Erzählungsband «Von den Deutschen» (rororo 23379). Für seine Prosa wurden ihm
der Brüder-Grimm-Preis und der Bachmann-Preis
verliehen. Zuletzt erschien sein «Roman unserer
Kindheit», der 2010 mit dem Preis der Leipziger
Buchmesse ausgezeichnet wurde.
Georg Klein lebt mit seiner Frau, der Schriftstelle-
rin Katrin de Vries, und zwei Söhnen in Ostfries-
land. www.devries-klein.de

Georg Klein

Anrufung des Blinden Fisches

Erzählungen

Rowohlt Taschenbuch Verlag

Veröffentlicht im Rowohlt Taschenbuch Verlag,
Reinbek bei Hamburg, September 2010

Copyright © 1999 by Alexander Fest Verlag, Berlin
Lektorat Alexander Fest
Umschlaggestaltung any.way, Hamburg,
nach einem Entwurf von Ott + Stein
(Abbildung: Mike Jordan)
Satz aus der Monotype Apollo, InDesign
Gesamtherstellung CPI – Clausen & Bosse, Leck
Printed in Germany
ISBN 978 3 499 25603 5

Inhalt

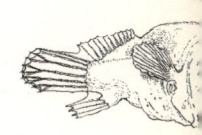

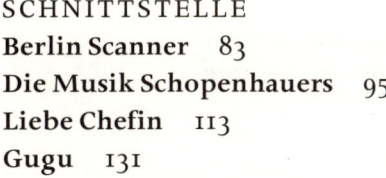

MEMBRAN

Schiem

Endlich allein. Endlich im Flugzeug. Endlich auf Nachtflug zwischen den Städten. Die Alterstollheit des Großen Schiem, des ungekrönten Königs der Branche, hat
uns fünf Tage in der Hauptstadt zusammengezwungen
gehalten. Aus allen vier deutschen Himmelsrichtungen,
aus allen vier Dependancen der Agentur hatte Schiem
uns für eine erste Arbeitswoche zu sich ins Zentralbüro
kommandiert. Wir, die Elite der Texter, saßen mit knir-
schenden Kiefern, mit zitternder Schreibhand vor der
Videoprojektionswand, auf der Schiems neues Vorhaben
erschien. Der Große Schiem, den auch die Älteren unter
uns nur als den Alten kennen, hat unsere Erwartungen,
die stets das denkbar Schlimmste imaginieren, erneut
übertroffen. Immer übertrumpft er, der Firmeninhaber,
uns, seine hochbezahlten Spezialisten. Wir, die Fixes-
ten unter den Zungenfertigen der Branche, stehen, lal-
lend um das erste Wort ringend, vor der kühnen Vorgabe
Schiems. Geblendet von seinem jüngsten Projekt, wagen
wir nicht, es einen hellen Wahnsinn zu nennen.

Endlich allein. Endlich im Flugzeug. Freitagnacht auf
Heimflug Richtung Süden. Für zwei Tage der Fuchtel
Schiems entkommen. Zum Schein nur. Denn Montag

früh werden wir alle, die am Wochenende ergrübelten Ideen spruchreif in den Kehlen, wieder zur Teambesprechung Platz nehmen. Dann ist, wie jeden Montagmorgen, Schiems Platz leer. Aber in der Mitte des Konferenztisches steht auf einem Kautschuktellerchen das winzige Mikrophon, über das er unsere Besprechung mithören kann. Hoch über uns, im aufgestockten Penthouse, beginnt der Große Schiem eine neue Woche weltüberspannender Geschäfte. Nur selten beliebt es ihm, sich in die Montagmorgenkonferenz der Texter einzuschalten, dann wispert der Flüssigkristallbildschirm an der fensterlosen Ostwand, Schiems Brustbild erscheint oder auch nur der leere Chefsessel, auf den die Kamera seit Jahr und Tag unbewegt gerichtet ist. Elektronisch bis zur Überdeutlichkeit verstärkt, erreicht uns ein geraunztes Schimpfwort, meist eine vulgäre Bezeichnung der Sexualorgane, oder Schiems unverwechselbares Stöhnen, laut und anhaltend, ehe sein Bild oder das Bild seines Sessels wieder erlischt. Wir, das Team der Texter, ballen wie ein Mann die Faust unter dem Konferenztisch und wissen, dass wir schnell, dass wir sehr schnell, dass wir sofort brauchbares Material auswerfen müssen.

Endlich allein. Endlich im Flugzeug. Mein Platz in dieser Maschine ist für die nächsten Wochen reserviert. Der heutige Flug scheint ausgebucht. Mein Nebenmann schiebt sich an mir vorbei auf den Fensterplatz. Seine Brille, seine Krawatte, das Gesicht kommen mir bekannt vor, als hätten wir im Verlauf der letzten, der furchtbaren Woche einmal gemeinsam vor einem der Aufzüge oder an der Kasse der Cafeteria gestanden. Schiem erwartet,

dass wir das Gebäude von Montag bis Freitag nicht verlassen. Für die Kasernierung der Projekttexter gibt es ein
firmeninternes Scherzwort, eine plumpe, vermutlich von
Schiem persönlich geprägte Obszönität. Schiem hat seine
eigenen Begriffe, und wer mit ihm arbeiten will, lernt, sie
über die Lippen zu bringen. Nur zum äußerst zeitigen
Frühstück dürfen wir in der allgemeinen Betriebscafe-
teria Platz nehmen. Den Mittags- und den Nachmittags-
imbiss bringt uns die aschblonde von Schiems Töchtern
in die Projekträume. Die Aschblonde bewacht auch den
Nachtkühlschrank. Sie sitzt in einem winzigen Kämmer-
chen, nicht größer als unsere Zimmer, die eigentlich nur
Schlafkabinen sind. Wenn einer von uns in den Stunden
nach Mitternacht zum Gemeinschaftsklo schlurft, sieht
er bei der Aschblonden das Licht brennen, und falls er
noch ein Bier braucht, klopft oder kratzt er an ihrer an-
gelehnten Tür.

Endlich allein. Endlich allein in einem Dämmern, das
nicht der Agentur gehört. Nur meinen Platz hat Schiem
gechartert, die anderen Passagiere fliegen auf Kosten
anderer Firmen. Einen hat mein Blick im Vorübergehen
erkannt. Ein Informatiker, vor Jahren hat er mit mir in
Südwest angefangen, aber schon bald fiel er einer von
Schiems Säuberungen zum Opfer. Entschlackung nennt
es der Große Schiem. Statistisch ist jede Niederlassung
zweimal im Jahr davon betroffen. Doch zu einem ab-
schätzbaren Rhythmus lässt Schiem es nie kommen. Bei
uns passierte fast ein Jahr nichts, dann, diesen Frühling,
zwei radikale Säuberungen im Abstand von knapp vier
Wochen, und schon war Südwest auf mich, den Texter,

und einen blutjungen Graphiker zusammengeschmolzen. Die für dergleichen Extremfälle zuständige Tochter Schiems, die kastanienbraune, kam aus der Hauptstadt eingeflogen. Ohne viel fragen zu müssen, übernahm sie Telefondienst und Korrespondenz. Alle regionalen Kunden, auch die neusten, sind der Kastanienbraunen auf gespenstische Weise vertraut. Vielleicht ist im Verlauf der letzten Woche wieder jemand für Südwest eingestellt worden. Mich hat keine Nachricht erreicht. Während der Projektwochen sind wir nach außen abgeschottet, Telefongespräche sind nur zwischen Arbeitsende und Mitternacht erlaubt und müssen an einem Apparat im Zimmerchen der Aschblonden abgewickelt werden. Der altertümliche Münzfernsprecher ist über dem Kühlschrank angebracht und auf einen hinterhältig kostspieligen Zeittakt geschaltet. Auf Zehenspitzen steht man, wirft in einem fort Münzen nach, die das Gerät willkürlich annimmt oder durchfallen lässt. Man brüllt gegen das Geklacker der Geldstücke an, verkrampft sich, halb auf dem Kühlschrank hängend, immer mehr und glaubt zuletzt, das laute Schnaufen der aschblonden Schiemtochter, die den Raum nie verlässt, als stieße es aus der Hörmuschel, im Gehörgang zu spüren.

Endlich im Flugzeug. Endlich nimmt die Entfernung zu. Der Mann neben mir hat sich ein Getränk bringen lassen. Es ist etwas Dunkles, vielleicht Rotes. Ich weise mit dem Finger auf sein Glas und verlange mit einem Kopfnicken das Gleiche. Mein Nebenmann grunzt leise. Vielleicht schmeichelt ihm, dass ich mich ihm anschließe. Aber ich lasse mich nicht auf ein Gespräch ein. Zwei Tage lang will ich selbst nur unartikulierte Laute von mir geben. Jedem im Team muss es so gehen. Schiem hat uns bis auf die letzte sinntragende Silbe ausgesaugt. Er, der magere Greis, der nie in unserer Anwesenheit trinkt oder isst, nimmt unsere frischgeborenen Einfälle mit vernichtender Gier zu sich. Sogar der Pole vom Fahrdienst, der wirklich nichts von unserer Arbeit versteht, hieß ihn heute einen Blutsauger. Das und noch Schlimmeres hat der radebrechende Kerl, als er den Kleinbus mit uns Textern zum Flughafen steuerte, den Großen Schiem genannt, und er braucht deswegen keine Konsequenzen zu fürchten. Schiem liebt es, beschimpft zu werden. Als er mich einstellte, forderte er mich, den branchenunerfahrenen Geisteswissenschaftler, auf, ihn, den angestrebten Arbeitgeber, mit Schmutzwörtern zu schmähen. Er öffnete die Tür zum Vorzimmer, damit seine Tochter, die Kastanienbraune, mithören konnte. Ich gab ihm, was meine Not mir eingab, und bestand die Probe. Längst weiß ich, dass diese erzwungene Beschimpfung noch eine der gnädigen Zumutungen des Alten war. Schiem schont seine Texter nicht. Wir, die Elite der Branche, sind Übriggebliebene, und das laufende Projekt wird unsere Reihen noch einmal lichten. Darüber sind sich alle im Klaren, und jeder muss fürchten, dass es dieses Mal auch ihm die Sprache verschlagen wird.

Endlich im Flugzeug. Endlich Zeit und Raum, sich unter Unbekannten zu betrinken. Während der Projektwochen ist gemeinsamer Alkoholgenuss verpönt. Selbst nach dem Ende der Arbeitszeit, spät am Abend, bringt das Team der Texter nicht den Mut auf, um ein paar Flaschen zusammenzusitzen. Jeder holt sich, was er braucht, aus dem Kühlschrank. Manchmal treffen sich zwei von uns dabei auf dem Flur. Der, der vom Kühlschrank kommt, drückt, wenn er Courage hat, dem noch Unversorgten eine Flasche in die Hand. Man verweilt mit unruhigem Blick für zwei, drei hastige Schlucke beieinander. Ein halblautes Wort, ein ungedämpfter Rülpser, das Zischen beim Abhebeln des Kronenkorkens, wenig genügt, um die Aschblonde an die Tür zu locken. Sie schaut dann kurz und scharf in den Gang, gerade lang genug, um die Beieinanderstehenden zu identifizieren. Völlige Unsicherheit herrscht bei uns im Team darüber, bis zu welchem Punkt das gemeinsame Trinken auf dem Flur vielleicht doch noch als zulässig gelten kann. Einig sind wir uns darüber, dass es auf jeden Fall anstößig wäre, im Wechsel aus derselben Flasche zu schlürfen. Und einen Kollegen gar zu gemeinsamem Trunk in die Schlafkabine mitzunehmen liegt so fern unserer Möglichkeiten, dass mich auch jetzt in der Warteschleife des Wochenendes wundert, wie mir der Gedanke daran überhaupt kommen konnte. Nein, wir Texter betrinken uns allein, allerdings sind die Gipskartonwände zwischen unseren Kojen so dünn, dass zwangsweise doch eine wechselseitige Anteilnahme entsteht. Man hört dem Nachbarn die Flasche polternd entfallen. Man erkennt das ungesunde, röchelnde Schnarchen des ersten Schlafes. Man erwacht durch den lallenden Fluch eines anderen Erwachenden, wenn sich die unwillkürlich vom Nachttischchen gestoßene Flasche über dessen Kopfkissen ergossen hat.

Endlich allein im Flugzeug. Endlich ein richtiges Glas in Händen. Aber es war ein Fehler, mir das Getränk meines Nebenmannes zu bestellen. Er hat sich längst das zweite Glas bringen lassen, während ich noch immer angewidert dem ersten Schluck nachschmecke. Es handelt sich um einen Long Drink, schwerflüssig, fast sämig. Zugleich registriert die Zunge sirupartige Süße und pfeffrige Schärfe. Mein Nachbar hat sein Leselämpchen eingeschaltet. Das Licht der winzigen Birne genügt, um die Flüssigkeit in unseren Gläsern rötlich aufschimmern zu lassen, und es ist zu meinem Unglück jener Farbton, der Schiems dritte Tochter, die Tizianrote, für uns alle unverwechselbar macht. Ein firmeninternes Gerücht, unverwüstlich gerade wegen seiner Lächerlichkeit, besagt, dass der Große Schiem einst demjenigen die Führung der Geschäfte übergeben will, dem es gelingt, die Tizianrote zum Traualtar zu führen. Wie immer, wenn ich an diesen Unsinn denke, überwältigt mich auch jetzt die utopisch komische Vorstellung, dass diese Großtat einem von uns Textern gelänge. Ich kann ein Kichern nicht völlig unterdrücken, ein Glucksen schüttelt mich so heftig, dass mir das widerliche Mischgetränk in den Schoß, auf die Hose schwappt. Schiems tizianrote Tochter ist, solange ich in der Agentur bin, immer nur in den Abschlussphasen der überregionalen Projekte in Erscheinung getreten. Schiem, der uns ohne Atempause durch die Wochen gejagt hat, bleibt dann für drei Tage verschwunden. Wir, verhetzt und aufgerieben von seinen unberechenbaren Wendungen, von den Finten, Launen und schäbigen Tricks, mit denen er jedes Zwischenergebnis torpediert und unsere Arbeit lächerlich laienhaft dastehen lässt, wir nehmen sein Wegbleiben wie erlöst wahr und fallen der Tizianroten mehr als wehrlos in die Hände. Schon vor der Kastanienbraunen, die anreist, wenn eine Niederlassung nach einer väterlichen Säuberung übermäßig dezimiert ist, schrecken wir zurück. Unsere Scheu wurzelt in dem simplen Umstand, dass sie es ist, die jedem von uns den Einstellungsvertrag ausgedruckt hat. Das Formular trägt den Titel EINHEITSVERTRAG WORTKÜNSTLER. In fünf knappen Paragraphen sind die wenig rühmlichen Konditionen unserer Tätigkeit niedergeschrieben. In Paragraph Sechs tippt die Kastanienbraune jenes Anfangshonorar ein, um das uns alle anderweitig in der Branche beschäftigten Texter beneiden. Paragraph Sieben ist nicht vorformuliert. Auf dem Leuchtschirm der Kastanienbraunen verweilt der zuckende Cursor, bis Schiem selbst zu seiner wartenden Tochter tritt. Von hinten beugt er sich über ihre Schulter und flüstert ihr ins Ohr, was er sich als siebte und letzte Vertragskondition für den Frischangeworbenen ausgedacht hat. Die Schamesröte steigt mir ins Gesicht, wenn ich mir vor Augen halte, dass diese Schiemtochter den Paragraphen Sieben, die intime Vertragsklausel eines jeden Texters, kennt. Kurz schwanke ich, ob die Kastanienbraune nicht durch ihre Mitwisserschaft ihrer tizianroten Schwester an abschreckender Potenz gleichkommt, aber dann entsinne ich mich des letzten großen Projekts und seiner peinigenden Abschlussphase und gebe der Tizianroten wie immer den Vorzug.

Endlich allein. Endlich auf Heimflug. Erneut vergeblicher Versuch, den nicht verschütteten Rest des rötlichen Gebräus über die Lippen zu bringen. Leichthin kann mein Nebenmann das dritte oder vierte Glas mit lautem Schlürfen leeren. Er muss die Tizianrote nicht kennen. Ihr Bild ist uns Nährboden immer neuer Angstvorstellungen, und eben erst schwenkten meine Gedanken ins Gelände einer solchen Phantasie. Sie nahm die sämige Konsistenz des Cocktails zum Anlass und leitete die Dickflüssigkeit der Mischung aus wahrhaft widerlichen Komponenten her. Es war, als keimte eine von Schiems Zoten verzögert aus, um mit rötlichem Trieb endgültig in mir Wurzel zu fassen. Alle Texter kennen den Würgegriff dieser Wochenendphantasien. Bei uns Älteren treten sie schon in der Nacht auf Freitag auf, mit gurgelndem Ausruf fahren wir aus unseren Träumen, die, obschon noch immer von Schiems Stimme durchdröhnt, bereits tizianrote Färbung angenommen haben. Pure Angst treibt uns dann aus den schmalen Betten. Die Finger in den Bund unserer Pyjamahosen gekrampft, tippeln wir die kurze Wegstrecke längs unseres Nachtlagers auf und ab. Und schließlich zwingt uns die Schlaflosigkeit sogar hinaus auf den Gang. Im ersten Morgengrauen schaben wir an der Tür der Aschblonden, um die Tizianrote einige nervöse Handgriffe lang zu vergessen.

Endlich im Flugzeug. Endlich zum Schein dem Bannkreis des Großen Schiem entronnen. In böser Voraussicht hat er unsere Heimflüge gebucht, mit Schadenfreude sieht er uns jeden Freitag in den Zubringerkleinbus steigen. Ohne Hoffnung führte ich vorhin das Glas abermals an die Lippen, ließ den von Speichel längst wässrig verdünnten Cocktail bis an die Zungenspitze schwappen. Aber dann wuchs mir unvermutet Beistand zu, von rechts schwenkte die Hand des Nebenmannes in mein Blickfeld. Mit sanftem Nachdruck legten sich seine Fingerspitzen auf den Boden des Glases und erhöhten die Abflussneigung. Zweifellos hatte er meine Not begriffen, mit Gefühl und mit Entschiedenheit verkleinerte er den Winkel. Meine Schlucksperre hat sich gelöst, der Kehlkopf tut seine Pflicht. Meine Lider schließen sich fast ganz. Durch Schlitze sehe ich, wie mir mein Beisitzer das leergetrunkene Glas aus den verkrampften Fingern windet. Jetzt schiebt sich sein Gesicht vom Gestell seiner Brille bis zum Knoten seiner Krawatte dicht vor mich. Ohne Anstrengung wird er mir kenntlich. Natürlich ist er vom Fach. Auch er war einmal und ist vielleicht noch Schiems Texter. Vor Jahren, in der Unschuld der Anfangszeit, saßen wir in derselben Projektgruppe. Ein wahnwitziges Vorhaben, einer von Schiems rücksichtslosesten, nicht nur uns Neulinge restlos überfordernden Einfällen. Schon damals ging es darum, in einen völlig übersättigten Markt einzubrechen. Schiem schaffte es täglich aufs Neue, die schiere Unmöglichkeit des Plans in das Gebot der Stunde umzuformulieren. Wir stöhnten unter seinen höhnischen Paradoxien, es war, als wollte er uns den gesunden Menschenverstand wie ein Fell über die Ohren ziehen. Jetzt, wo mein Nebenmann die Brille abnimmt, schärft sich meine Erinnerung erneut. Die Tizianrote übernahm damals an einem Montag die Leitung der Endphase. Am vorausgegangenen Freitag hatte Schiem all unsere bisherigen Entwürfe vernichtet, und in seiner endlosen, fünf, sechs oder sieben Minuten währenden Schimpftirade war zu meinem Schrecken urplötzlich der Wortlaut meines Siebten Paragraphen aufgetaucht. Erst jetzt dämmert mir, dass damals gewiss auch die anderen Texter ihre persönliche Vertragsklausel auf diese nieder- schmetternde Weise veröffentlicht bekamen. Am Mon- tag hatte die Tizianrote leichtes Spiel. Wir lechzten nach ihrem Erscheinen. Ohne Gruß nahm sie auf dem freien Stuhl ihres Vaters Platz. Sie schnäuzte sich lang und gründlich, so wie sie es heute noch in unvergleichlicher Weise tut. Dann räusperte sie sich heftig, hustete, wie um etwas auszuwerfen, und kratzte sich ausgiebig, als gäbe es uns nicht, mit einem ihrer langen Fingernägel in bei- den Halsbeugen. Ein letzter isolierter Krächzer, ein wort- ferner, fast mechanischer Reibelaut entfuhr ihrer Kehle. Wir spitzten die Ohren, hielten den Atem an, und nach einem Moment einhelligen Schweigens bekamen wir die erste Vorgabe. Die Spitzen ihrer Schuhe hoben sich, die Hacken begannen zu schlagen. Mit beiden Absätzen, mal gleichzeitig niederstoßend, mal gegeneinander versetzt, trommelte sie uns den gebotenen Rhythmus auf das Par- kett. Zunächst in seiner nackten Grundform, fünfmal, ganz langsam wie zum Mitschreiben. Dann folgten zwei elaborierte Varianten: Mit einem scharfen Ruck zwang sie dem Kugellager des Drehstuhls ein Geräusch ab. Dieses Schnarren und, in der letzten Vorgabe, ein außerordent- lich lautes, fast metallisch knallendes Zungenschnalzen markierten uns die gewünschte Position der Triebwör- ter. Wir schluckten. Die Älteren unter uns leckten sich, wie von jeder Scham verlassen, die Lippen. Die Tizian- rote erhob sich, ging leichten Schritts an uns vorbei und stellte sich hinter unsere Rücken. Wir starrten den leeren Stuhl an. Jetzt war es an uns, die Vorgabe mit Worten zu füllen. Mein Mitflieger, der barmherzige Cocktailtrinker, war damals derjenige, der in unser aller Namen als Erster antrat. Wieder kommt mir sein Aufstieg vor Augen. Er war jung, wie ich es war, dicklich und ungeschickt. Seine Brille rutschte ihm von der Nase, purzelte auf den Boden, als er langsam und umständlich den freigegebenen Stuhl erklomm. Schwankend kniete er auf der Sitzfläche, streckte uns, den Kollegen, den Hintern entgegen und brauchte drei Anläufe, bis er endlich mit dem Gesicht zu uns auf dem Stuhl stand und seinen Textversuch zum Vortrag bringen konnte.

Endlich allein. Endlich auf Nachtflug zwischen den Städten. Mein einstiger Mittexter hat seine Position nicht verändert. Sein süßlich pfeffriger Atem streicht mir über Stirn und Wangen. Gewiss war auch er all die Jahre ununterbrochen in Schiems Diensten. Wer kann wissen, wie viele Projekte seitdem im Namen Schiems das Licht der Welt erblickten. Die rechte Hand des Kollegen legt sich auf die Muschel meines linken Ohrs; fast übermannt mich die Versuchung, die Augen ganz zu schließen. Es wäre wohl erlaubt. Es wäre letztlich im Sinne Schiems. Auch für die Dauer dieses Projekts hat der Große Schiem ein strenges Bilderverbot über uns verhängt. Erneut fand er einen endgültigen, uns in unserem Tun demütigenden Spruch, um den Abgrund zwischen uns und den mit dem bloßen Augenschein operierenden Kollegen zu markieren. Wie beim ersten Mal duckten wir unsere Köpfe verschreckt unter die unumstößliche Wahrheit. Also vertraut auch jetzt, ins kümmerliche Leselicht des Nachtflugs blinzelnd, der Texter gemäß Schiems Gebot aufs Wort – und nichts verrückt sich in der Rangordnung

der Sinne, wenn bald, wenn gleich, wenn gleichzeitig die
Münder zweier Texter aufeinanderstürzen, wenn die Ge-
bisse klackernd ineinanderschlagen und beide Zungen,
am fremden Gaumen schnalzend, um eine Achse kreisen.

Neuma

Wir zwei, wir Brüder im Geiste, wir rauchten und rauchten. Wir rauchten beide, was wir nur konnten, und standen im eisigen Regen. Der Ostwind des hauptstädtischen
Winters kasteite den Stirnbalkon unserer Penthouse-
Wohnung. Unsere Hemden blähten sich zwangsbeatmet,
unsere Krawatten peitschten uns um die Hälse, und wenn
einem von uns eine Böe die ganze Glut von der Zigarette
riss, gab ihm der andere Windschutz mit Oberkörper und
Händen, bis der kaltgeköpfte Stummel von neuem ent-
facht war.
Wir rauchten um die Wette. Der launige Sturm nahm
unseren Balkon von allen drei offenen Seiten. Die nach
unten geschnipsten Kippen erreichten in der Regel nicht
die Marmorfliesen. Im Fall noch wurden sie durch das
Balkongitter hinausgerissen. Ein einziger Filter lag in
einer Fugenrille zu unseren Füßen. Wir hatten gewettet, dass der, der zuerst drei auf dem Balkonboden liegen
hatte, nicht zur Buckligen Gräfin hinausfahren musste.
Beide lehnten wir mit den Rücken an den Glasschiebe-
türen unseres Speisezimmers. Längst waren wir so ausge-
kühlt, dass wir keine Kälte mehr spürten. Beide dachten
wir an das Bild, das wir heute Nacht von der Buckligen
Gräfin kaufen wollten, und beide schauderten wir vor

Unbehagen, wenn uns die unumgänglichen Komplikationen des Ankaufs in den Sinn kamen. Die Bucklige Gräfin war berüchtigt für die Bösartigkeit ihrer Launen. Untrüglich war ihr Gespür für die Gier des Käufers. Roch sie die schwitzende Sorge des Interessenten, seine Angst, das begehrte Gemälde nicht zu bekommen, begann sie ein umständliches Taktieren, und es fielen ihr wahrhaft verblüffende Zumutungen ein, um den Vertragsabschluss in schier endlos währender Vorlust hinauszuzögern.

Um uns wurde es dunkel, doch auch im Dämmerlicht waren unsere Kippen mühelos an den Farben ihrer Filter zu unterscheiden. Der Sturm hatte ein wenig nachgelassen. Unser Wettkampf ging seiner Entscheidung entgegen; schon stand es Zwei zu Zwei. Wir rauchten, so gut wir nur konnten. Wer die Nacht bei der Buckligen Gräfin verbringen musste, war doppelt geschlagen. Er würde, das Gemälde vor Augen und verstrickt in die immer komplizierter werdenden Verhandlungen, stundenlang ohne erlösenden Lungenzug auskommen müssen. Die Bronchien der Buckligen Gräfin reagierten allergisch auf vieles, vor allem aber auf das Partikelgemisch ordinären Zigarettenrauchs. Bereits ein Hauch des erkalteten Dunstes konnte einen ihrer unvergleichlichen asthmatischen Wutanfälle auslösen, und dann war jedem, auch dem zahlungslustigsten Kunden, das Bild verloren.

Ich fuhr Richtung Wannsee, einem aufklarenden Nachthimmel entgegen. Von unserem Balkon hattest du mir noch einmal gewinkt und mir Unverständliches, gewiss gute Wünsche, nachgerufen. Ich zündete mir meine vorletzte Zigarette an. Vor genau zwei Jahren hatten wir unsere Gemäldesammlungen fusioniert und lebten seitdem, gleich unseren Bildern, zusammen. So ließ sich das Praktische mit dem Geistigen verbinden. Schon davor hatten wir, jeder für sich, das Gleiche gesammelt: Männlichen Akt nach 45. Für mich war es nach und nach der Schwerpunkt meiner Sammlung geworden, du erwarbst in kluger Konsequenz längst nichts anderes mehr. Vom Tag unseres Zusammenschlusses an genossen wir beide die Anschauung der bedeutendsten Privatsammlung zu diesem Thema, dem großen geheimen Thema der Nachkriegszeit. Nicht alles, was wir zusammengetragen haben, können wir aufhängen. Aber die wichtigsten Bilder, die bahn- und bannbrechenden, sehen uns von den Wänden unserer Wohnung entgegen. Nur die Feuchträume und der Balkon sind gefliest und in zweckhafter Nacktheit bildlos verblieben. Dort rauchen wir. Das Rauchen ist unsere zweite, unsere stiefmütterliche Leidenschaft. Wir frönen ihr gleichermaßen maßlos. Die asthmatische Gräfin wäre in dieser Nacht nicht einmal zum Verkauf einer Kunstpostkarte bereit gewesen, hätte sie gesehen, wie schlimm wir es den ganzen Abend auf dem windigen Balkon mit unseren Glimmstängeln getrieben hatten.

Eine Schande war es stets gewesen und eine himmelschreiende Ungerechtigkeit dazu, dass unsere Sammlung, dass wir beide keinen Piotr Neuma besaßen. Wie Phönix war das Werk dieses Malers aus der Asche der sowjetischen Staatskunst aufgestiegen. Keiner, auch der ausgefuchsteste Kenner nicht, hatte vorher von Neuma gewusst. In Kisten und Koffern hatten seine Bilder über vierzig Jahre lang weniger als ein Schattendasein geführt. Bis zu seinem mutmaßlichen Tod war Piotr Neuma als Ingenieur für Erdgastechnik im südlichen Sibirien tätig gewesen. Nur einmal im Jahr, immer wenn er im Winter seine Verwandten in Leningrad besuchte, war er vor eine Leinwand getreten, und in einem wahren Furor, in einem gewaltigen Ausatmen, entstand dann sein jährliches Bild. So ist die Chronologie seines Gesamtwerks problemlos überschaubar: vierzig Bilder in vierzig Jahren.

Wie die Hyänen stürzten sich die japanischen Sammler, die amerikanischen Galeristen und, mit schwerfälliger Verzögerung, auch die russischen Museen auf die ins Helle der Anerkennung geratenen Stücke. Innerhalb weniger Jahre waren fast alle der bei Verwandten und Freunden Neumas verstreuten Bilder ausfindig gemacht und aufgekauft. Meist hatten sie halbvergessen auf Dachböden und in Kellern gelegen. Neuma hatte seine Gemälde zu Hochzeiten und Kindstaufen verschenkt, und die ignoranten, im besten Fall feigen Empfänger hatten seinen Werken meist bloß wenige Tage im bescheidenen Licht der privaten Öffentlichkeit gegönnt.

Nur eine Ausnahme war bekannt. Der Leiter eines sibirischen Ambulatoriums hatte dem Künstler im zweiten Nachkriegswinter das aus Leningrad mitgebrachte Bild gegen zwei Dosen Tabak abgetauscht. Es hing, den Blicken der Kranken und der Gesunden offen, fast vier Jahrzehnte auf der Röntgenstation der schäbigen Klinik. Dann nahm es der Arzt in den Ruhestand mit nach Moskau, und dort wurde die frühe Arbeit der Anlass zu Neumas Entdeckung. Wir beide hatten das Bild im zurückliegenden Jahr auf der großen Piotr-Neuma-Gesamtschau in Chicago zum ersten Mal vor Augen. Wie alle Werke der ersten Phase ist es in Rosa und in bläulichen Rottönen gehalten. Man kann es halbgegenständlich nennen. Eine Art Torso, ein nackter Rumpf mit übergroßem, klobigem Kopf, neigt sich einem geäderten Pfahl, der ihm in seinem unteren Teil entwächst, entgegen. Die ganze Konfiguration erinnert in ihrem matten Glänzen an abgehangenes Fleisch, zugleich aber scheint das Körpergebilde von einem gasförmig leuchtenden, fast pulsierenden Leben durchströmt. Den Titel des Werkes hat Neuma wie eine Tätowierung in den Kopf der Figur eingearbeitet: Die Dreizehnte Aufgabe Des Herkules.

Die Kunstwissenschaftler sind sich nicht einig darüber, welche Tat der rosa- und blaurotdurchflutete Held da zu bewältigen hat. Die üblichen Echtheitsprüfungen mit Röntgengeräten haben auf allen Gemälden Piotr Neumas einen verborgenen zweiten Titel zutage gefördert. Er lautet in diesem Fall: Stalin Beatmet Den Leichnam Hitlers. So einleuchtend es ist, dass dergleichen damals, kurz nach Ende des Großen Vaterländischen Krieges, verborgen bleiben musste, so unklar bleibt bis heute der Sinn dieser Benennung. Denn auf dem Bild ist bei bestem Willen nur ein einziger Körper zu erkennen.

Als Kunsthändlerin mit fragwürdigem Ruf war uns die Bucklige Gräfin auch früher keine Unbekannte gewesen. Seit Jahren gilt sie hier in der Hauptstadt als eine der besten Adressen für alle, die illegal ausgeführte sakrale Kunst aus Russland erwerben wollen. Aber da wir kein Interesse an wurmstichigen Ikonen mit starrglotzenden Heilanden hatten, waren wir nie mit ihr in Berührung gekommen. Der erste geschäftliche Kontakt ergab sich erst voriges Jahr auf jener Piotr-Neuma-Gesamtschau in Chicago. Die Gräfin sprach uns an. Genauer gesagt, sie fuhr uns mit ihrem Rollstuhl in die Fersen, gerade als wir, Schulter an Schulter, vor Der Dreizehnten Aufgabe Des Herkules standen. Während wir noch in unwürdiger Haltung, die schmerzenden Hacken mit den Händen reibend, rechts und links ihres Rollstuhls verharrten, zeigte sie mit dem Finger auf das Gemälde und fragte, ob wir so etwas nicht auch gern in unserer bescheidenen Berliner Hütte hängen hätten.

Ich zündete mir die letztmögliche Zigarette an, als ich die Stadtautobahn über die Abfahrt Wannsee verließ. Die drohende Nacht bei der Buckligen Gräfin war für mich der vierte Exzess dieser Art. Die Ankaufsverhandlungen hatten im Frühjahr begonnen. Dass sich der Erwerb immer wieder verzögerte, hatte zumindest einen Vorteil: Uns blieb Zeit, um die auch für uns neuartig hohe Summe aus dem Gang unserer Geschäfte abzuzweigen. Wir wissen nicht, wann der verheißene Neuma in Berlin eingetroffen ist. Wir bekamen das Bild erst letzten Monat zu sehen. Es war unser einziger gemeinsamer Besuch. Am frühen Abend trafen wir ein, doch erst im Morgengrauen ließ sich die Gräfin herab, uns vor das Gemälde zu führen. Mit durchschwitzten Hemden, zerrüttet vom zwölfstündigen Nikotinentzug, standen wir, Tränen der Freude in den Augen, vor unserem P. Neuma. Es ist ein Werk der dritten, der letzten Phase. Allein dem Namen nach bekannt, galt es als spurlos verschollen. Nur hemmungsloses Rauchen hätte uns angesichts dieses Bildes am hemmungslosen Weinen hindern können. Unsere

Tränen haben den Preis noch einmal um die Hälfte nach oben getrieben.

Als ich am Wannsee anlangte, regnete es nicht mehr. Aber der Wind war noch stark genug, um dem Wasser einen beachtlichen Wellengang aufzuzwingen. Die Bucklige Gräfin hat ein Ufergrundstück; über eine flache, baumlose Rasenwelle geht es zum Wasser hinunter. Es ließe sich kein schöneres Baugelände denken. Aber die Gräfin haust in einem Wohnwagen. Seit man sie kennt, bewohnt sie ein riesiges, zylindrisches Mobile Home, einen amerikanischen Hausanhänger. Er muss schon in der frühen Besatzungszeit hier am Ufer abgestellt worden sein. Seine Räder sind abmontiert, das Fahrgestell verrottet auf zottig vermoosten Betonquadern. Es ist unglaublich, dass die Behörden diese Verschandelung des Ufers dulden.

Auf dem Dach des Wohnwagens ist eine gewaltige Stabantenne verankert. Die Bucklige Gräfin ist leidenschaftliche Amateurfunkerin und unterhält Kontakt zu Gleichgesinnten in der ganzen Welt. Eine Funkerfreundschaft in die Innere Mongolei hat ihr den ersten Hinweis auf das verschollene Bild eingebracht. Zumindest hat sie uns so die Wiederauffindung des Gemäldes glaubhaft gemacht. Der Ostwind frischte noch einmal auf und schüttelte die Antenne auf dem Dach des Wohnwagens. Sie wird von sternförmig aus dem Rasen aufsteigenden Stahlseilen stabilisiert. So konnte der Sturm nur ihre dünne Spitze zur Seite schlagen lassen; dem festgespannten, aber ebenfalls elastischen Antennenstamm zwang die Windkraft dagegen ein seltsames Zucken auf. Aus allen vier Fenstern des Wohnwagens schien helles Licht. Ich hatte noch etwas Zeit. Die Gräfin, selbst die Unpünktlichkeit in Person, erwartete, dass ihre Kunden auf die Minute genau zum vereinbarten Zeitpunkt erscheinen.

Neuma ist seit zwölf Jahren unauffindbar. Sein Verschwinden steht in Zusammenhang mit der größten Erdgashavarie der an solchen Katastrophen nicht armen Sowjetunion. Jahre später berichteten Augenzeugen, dass die brennenden Gaswolken, von rhythmisch sich wiederholenden Explosionen getrieben, den anrückenden Reparaturtrupps wie die Atemstöße eines feuerspeienden Drachen entgegengeschlagen seien. Der Erdgasingenieur P. Neuma war in den ersten Katastrophentagen im Einsatz. Irgendwo in einem der ausgeglühten Löschfahrzeuge, in einem der zu glänzenden Klumpen zerschmolzenen Aluminiumwohncontainer soll seitdem seine verkohlte Leiche bei anderen nicht identifizierten Toten liegen. Das Unglück wurde mit der dumpfen Allmacht des Staates vertuscht, obwohl zwei meteorologische Satelliten farbenprächtige Fotos des tagelangen Gasbrandes nach Florida funkten.

Von der Buckligen Gräfin war uns nähere Auskunft über das Ableben Neumas versprochen worden. Auf ihre unvergleichlich lockende und zugleich höhnisch brüskierende Art hatte sie bei unserem letzten Besuch geäußert, wer das wiederaufgefundene Bild erwerbe, dürfe nicht länger im Stande unschuldiger Unwissenheit bleiben. Ich nahm das Pfefferminzspray aus dem Handschuhfach und sprühte mir zweimal tief in die Kehle. Unten am See öffnete sich die Tür des Mobile Home. Die Gräfin schob ihren Rollstuhl ein kleines Stück auf den asphaltierten Weg hinaus. Genau so hatte sie uns bis jetzt immer empfangen. Ich stieg aus und trat hinter das Heck unseres

Wagens. Es war höchste Zeit, die rauchgeschwängerte Oberbekleidung gegen geruchlose, chemisch gereinigte Kluft zu vertauschen.

Es ist getan. Über der Hauptstadt ist es in einem milchigen Grau wieder hell geworden; wir rauchen erneut zusammen. Wir haben uns jeweils eine frische Packung Zigaretten auf den Balkon mitgenommen. Jetzt, in absoluter Windstille, in der unbewegten und trockenen Kälte dieses Wintermorgens, raucht es sich leicht. Wir rauchen und rauchen. Wir sind im Besitz des Bildes. Ein echter, ein leibhaftiger P. Neuma ist Teil unserer Sammlung geworden. Inniger als je zuvor sind wir im Genuss des gemeinsamen Eigentums verschmolzen. Nur das Wissen um die letzten Umstände des Ankaufs trennt uns noch. Ich habe dir kein Sterbenswörtchen erzählt, aber du denkst dir deinen Teil, und deine Ahnung ist richtig. Du warst dafür verantwortlich, dass ich am nächtlichen Wannsee, mehr als fassungslos, in den leeren Kofferraum unseres Wagens starrte. Du hattest es übernommen, die Sachen aus der Reinigung abzuholen, und wolltest ein frisches Hemd, ein geruchloses Sakko und eine von keinem Aschestäubchen befleckte Hose im Kofferraum bereitlegen. Du selbst wärest hilflos vor der Konsequenz deiner eigenen Vergesslichkeit gestanden. Ich musste der Gräfin so, wie ich war, vor Augen und Nase treten.
Vom See her kamen noch einmal starke Böen auf. Ich öffnete mein Sakko und eilte den Asphaltpfad hinunter. Ich hoffte im starken Gegenwind zumindest teilweise auszu-

lüften. Licht aus dem Wohnwagen überflutete den Roll-stuhl der Gräfin. Näher kommend erkannte ich, dass sie ein Inhalationsgerät gegen Mund und Nase presste. Offensichtlich hatte sie mit ihrem Asthma zu kämpfen. Das machte mir Mut. Vielleicht war sie von den eingeatmeten ätherischen Ölen bereits so benommen, dass sie den Mief meiner Kleidung nicht mehr wahrnahm.

Als ich bei ihr ankam, wendete sie grußlos den Rollstuhl und fuhr voraus in den linken äußeren Raum des Wohn-wagens. Ich kannte diesen Teil ihrer Behausung noch nicht. Es war kaum mehr als ein Verschlag, die Funkan-lage der Gräfin füllte eine Wand vom Fußboden bis zur Decke. Den Geräten vis-à-vis hing unser P. Neuma, un-verhüllt. Ein Transportkarton stand bereit. Auf einem Tischchen lag der zuletzt ausgehandelte Vertragstext. Daneben ein roter Kugelschreiber. Dieses Mal schien sie es ausnahmsweise, vielleicht geschwächt von ihrem Asthmaleiden, kurz machen zu wollen. Ich konnte mein Glück kaum fassen. Ich sank auf den angebotenen Klapp-stuhl. Ich legte das Kuvert mit dem Geld auf den Tisch. Gewiss lächelte ich blöde. Und dann registrierte mein überscharfer und zugleich nichts verstehender Blick, dass die Gräfin etwas Großes und Schweres, einen mäch-tigen, rosafarbenen Kristallaschenbecher mitten auf den Tisch, direkt auf das der Unterschriften harrende Ver-tragspapier, knallte.

Wir beide, wir rauchen Schulter an Schulter. Wir haben unseren P. Neuma an den schon seit Wochen für ihn frei-gehaltenen Platz gehängt. Er füllt die Wand am Kopfende unseres Bettes. Hinge er vor unseren Augen am Fußende, wir fänden keine Ruhe. Selbst in mondlosen Nächten sähen wir das gallige Lila, das schwefelige Halbschwarz, das unvergleichliche Rot des Gemäldes leuchten. So soll es immer über dem Kopfteil unseres gemeinsamen Lagers hängen, und unser ruhiger werdendes Atmen, unser asynchrones, aber in der Klangfarbe ähnliches Schnarchen werden zu Neumas Bild aufsteigen. Vermutlich wird es lange niemand außer uns sehen; an eine öffentliche Ausstellung ist leider Gottes gar nicht zu denken.

Die Gräfin hatte ihren Rollstuhl dicht neben mich an das Tischchen gerollt. Noch immer starrte ich in hypnotischer Entgeisterung auf den Aschenbecher, als müsste in seinem Kristall ein Bild erscheinen. Die Gräfin stellte eine längliche Schatulle daneben, entnahm ihr ein wahrhaft abenteuerliches Ding, und obwohl ich dergleichen nie zuvor gesehen hatte, erkannte ich, was da zwischen ihrem Zeige- und ihrem Mittelfinger klemmte. Du hast mir einmal, noch vor unserer sammlerischen und persönlichen Vereinigung, davon erzählt. Einer deiner früheren Partner rauchte dieselben Ungetüme: Asthma-Zigarren! Ihre Produktion wurde schon vor dem letzten großen Krieg eingestellt; die Rauchinhalationsbehandlung galt als therapeutisch überholt. Seltsamerweise aber haben sich in den Kellern von Apotheken und in den Lagern pharmazeutischer Zwischenhändler bis heute größere Mengen dieser Rauchware erhalten. Genug, um einen marginalen, doch lukrativen Schwarzhandel mit dem einstigen Therapeutikum zu versorgen, eine verschworene Kundschaft zahlt stolze Preise für ihr spezifisches Genussmittel. Solch eine gewaltig lange, aber selbst in ihrer Mitte noch schlanke Asthma-Zigarre entfachte die Gräfin unter rasselndem Schnaufen, unter bellendem Husten und begann gleich nach der ersten, schon krampflösenden Inhalation von Piotr Neuma zu erzählen.

Hier, auf unserem nüchtern hellen Balkon, rauchen wir beide unsere harmlosen Filtermarken. Wir rauchen, als trennte uns nichts, mit gleich tiefen Zügen. Gleich viele Kippen liegen uns halbkreisförmig vor den Füßen. Du weißt noch nicht, ob die gewonnene Wette dich vor unaussprechlicher Pein bewahrt hat oder ob du mich von jetzt an um meine Nacht bei der Buckligen Gräfin beneiden wirst. Die Gräfin trug ihren Beinamen zu Unrecht: Sie hatte gar keinen Buckel. Allerdings war ihr Oberkörper stark in seinem Längenwachstum zurückgeblieben, das spitze Kinn drückte ihr, als hätte sie keinen Hals, auf den Ansatz des gewaltigen Busens, die zylindrischen Brüste drängten zur Seite. Ihre Spitzen schienen auf den kantig hervortretenden Hüftknochen aufzuliegen. Hinter dieser in die Breite gesunkenen Last hatten auf zu engem Raum die Lungen zu atmen.

Die Gräfin blies mir den Rauch ins Gesicht. Er roch süß nach Kräutern und Heu, aber auch ein wenig faulig. Sie bot mir keine ihrer Zigarren an, und ich wagte nicht, mein Päckchen ordinärer Glimmstängel zu zücken. Gegen ihre Art kam sie, ganz ohne boshafte Abschweifungen, sofort zur Sache. Piotr Neuma sei am Leben. Und nicht nur das. Seit über einem Jahr stehe sie in Funkkontakt mit ihm und habe das, was er über sein Werk zu äußern bereit gewesen sei, von Anfang an auf Band aufgezeichnet. Was er zu unserem Bild gesagt habe, wolle sie mir nun, bevor wir den Vertrag unterschreiben, zu Ohren bringen.

Ich hörte Piotr Neuma sprechen. Der Klang seiner Stimme war dünn und wurde wieder und wieder von Fremdge-

räuschen überlagert. Beinahe schien es, dass der Spre-
chende um diese atmosphärischen Störungen wisse. Denn
fast immer, wenn die Verständlichkeit besonders stark
unter Übertragungsproblemen gelitten hatte, griff er den
Gedanken noch einmal auf und variierte ihn in ausführ-
licher Wiederholung. Neuma sprach ein sehr langsames,
aber weitgehend korrektes Englisch. Die wenigen gram-
matikalischen Fehler, die ihm unterliefen, korrigierte er
meist selbst. Die Härte der Artikulation, die Kürze der
Sätze und der Klangverlust durch die Funkübertragung
gaben seinem Sprechen etwas Bellendes, als kläffte in
weiter Ferne ein kurzatmiger, aber hartnäckiger Hund. In
Widerspruch zu diesem Eindruck großer Distanz stand
die merkwürdige, mir schier im Ohr juckende Intimi-
tät seiner Stimme. Bestimmte Störgeräusche, Pfeif- und
Zischtöne, schienen mir aus Neumas Mundhöhle, aus
seinem Rachen und aus seinen Bronchien zu stammen.
Dabei war es doch weit wahrscheinlicher, dass es sich um
elektrische Entladungen aus den Tiefen des Äthers handelte, die sich in den Röhren und Transistoren des Emp-
fangsgerätes reproduzierten.
Neuma erzählte von Problemen der Farbmischung. Mit
dem im staatlichen Handel verfügbaren Material war
er zunehmend unzufrieden gewesen. Für die Bilder der
letzten Phase, der sogenannten chirurgischen, rührte er
seine Farben selbst an. Er verwendete dazu petrochemi-
sche Substanzen seines beruflichen Alltags, Zwischen-
produkte und Abfallstoffe der Erdöl- und Erdgaschemie.
Ich verstand nicht alles. Ich bin weder Chemiker, noch
habe ich mich je mit den praktischen Problemen der
Malerei herumgeschlagen. Dicht neben mir rauchte die

Gräfin, irritierend lautstark, mit schmatzendem Saugen und röcheligem Ausatmen, und ergänzte Neumas Erläuterungen durch Hinweise auf das vor uns hängende Bild. Sooft sie mit der zigarrenbewehrten Rechten auf das Gemälde wies, fuhr die Glutspitze der Rauchspindel haarscharf an meiner Wange vorbei. Ihr rechter Busen drückte weich, aber unerträglich spürbar gegen meinen Ellenbogen.

Vom Tonband erzählte Piotr Neuma, wie er das besondere Rot der letzten, der chirurgischen Phase entdeckt hatte. Er fand den Farbstoff in der giftigen Schlacke, die bei der Destillation von mit Schwefelwasserstoffen verunreinigtem Benzol anfällt. Unser Bild, unser P. Neuma, ist ein Exzess in diesem Rot. Es spritzt durch die Rippen und aus dem Kehlkopf des vom Kinn bis zu den Knien abgebildeten Männerkörpers. Unser Gemälde heißt: Der Engel Spreizt Seine Schwingen. Aber der die Leinwand seitlich nicht ausfüllende Rumpf hat keine Flügel, nicht einmal Arme sind zu erkennen. Die Gräfin fiel in ein schallendes Lachen, als Neuma den Titel unseres Bildes in seinem unbeholfenen Englisch herausbellte. Ohne Rücksicht auf das laufende Band fing sie an zu erzählen und prustete, noch näher herangerückt, in mein Ohr, dass Neuma bei jener Erdgaskatastrophe schwere äußere, ja sogar innere Verbrennungen erlitten habe. Er habe heiße Dämpfe eingeatmet und einen Lungenflügel verloren. P. Neuma pfeife – so nannte es die Gräfin – buchstäblich auf dem letzten Loch. Und von seinem Äußeren berichte der Maler selbst, dass sich sein alter mongolischer Hund bis heute jeden Morgen aufs Neue vor dem Antlitz seines Herrchens fürchte.

Unser Bild ist schön. Der Engel, der im fast quadratischen Format seine unsichtbaren Flügel spreizt, ist von einer goldenen Aura umgeben. Das chirurgische Rot durchzieht das Gold mit einem zarten, feucht schimmernden Geäder. Neuma war dabei, mit umständlicher Genauigkeit zu erläutern, wie er die zum Teil haarfeinen Linien mit einer selbstgebauten Kanülenspritze aufgetragen habe, als mir die Gräfin unversehens zu nahe kam. Es war ein Missgeschick, ein Unglück zwischen unseren Körpern. Mit dem Stummel der Asthmazigarre wies sie auf den rechten Rand des Bildes. Ein langes Aschestück krümmte sich an der Spitze des Undings und brach ab. Asche und reichlich Glut fielen mir auf den linken Handrücken. Ich zuckte nach hinten. Mein Sakko klaffte weit auf und schloss sich wieder, als ich den verbrannten Handrücken zum Mund führte. Das schnelle Auf- und Zuklappen meiner Anzugjacke muss der Gräfin einen reizenden Hauch, einen kalten Rest unseres Zigarettenmiefs, zugewedelt haben. Ihr allergisches Syndrom trat sofort in Erscheinung. Es blieb ihr nicht einmal Zeit, den Zigarrenstummel in den Aschenbecher zu werfen. Schon schüttelte sie ein apokalyptischer Asthmaanfall. Der ganze zu kurz geratene Rumpf verfiel in konvulsivische Zuckungen. Ihr Gesicht war im Nu blau. Sie röchelte. Aber ihre Augen blieben widersinnig klar und starrten mich in kalterkennender Wut an, obwohl das schmerzhafte Verkrampfen der Bronchien die Tränen in dicken Tropfen hervorquellen ließ. Nie hätte die Gräfin mir diesen Anfall verziehen. Das Bild wäre uns durch unser gemeinsames Versagen verloren gewesen.

Wir beide, wir rauchen. Wir rauchen ganz sacht und

mit weit auseinanderliegenden Zügen. Unsere Schachteln sind leer. Nach diesen, nach den letzten Zigaretten werden wir duschen und den Rest des Tages, unruhig dösend, im Bett verbringen. Unser Bild Der Engel Spreizt Seine Schwingen wird vom Kopfende des Bettes unsere Unruhe noch weiter befördern. Was hättest du an meiner Stelle getan? Nur der Aschenbecher war mir zur Hand. Ich packte das schwere Kristall. Mit dem glimmenden Stummel der Asthmazigarre stieß die Gräfin nach meinen Augen und versengte mir die linke Braue. Ich kämpfte um unser Bild. Ich kämpfte mit nie geahnten Kräften. Dennoch hätte ich, wäre das Vermögen der Gräfin nicht asthmatisch behindert gewesen, den Kampf wohl verloren. Wir rangen auf dem Rollstuhl. Wir rangen auf dem Boden zu Füßen der Funkanlage. Über uns bellte P. Neumas Stimme aus dem Lautsprecher. Meine Rechte schwang den Aschenbecher. Neuma erläuterte ausführlich, wie er den zweiten, den geheimen Titel des Gemäldes unter Blattgoldsplittern und halbtransparenten Lasuren verborgen hatte. Er nannte den Titel. Er sprach ihn aus in einem wunderbar warmen und melodischen Russisch. Er bellte seine englische Übersetzung. Ich schwang den Aschenbecher. Irgendwann, wenn sich das Gerede um den Abgang der Buckligen Gräfin gelegt hat, wenn wir wissen, dass ihre geschäftliche Diskretion auch in unserem Fall die übliche war, werden wir das Bild von einem Restaurator unseres Vertrauens röntgen lassen. Dann sehen wir beide den zweiten Namen des Gemäldes in kyrillischen Buchstaben vor uns. Neumas Stimme erzählte lange von Einschreibung und Übermalung des Titels. Immer wieder nannte er seine englische Übersetzung. Im harten Takt dieser Übertragung schwang ich den Aschenbecher.

Bald, wenn wir die letzten Kippen zu Boden geworfen haben, bald, unter dem dampfenden Strahl der Dusche, hauche ich dir, Bruder im Geiste, mit heisergerauchter Stimme und in unserem schmalbrüstigen Deutsch den geheimen Titel des Bildes ins Ohr: Wir – Windige Helden Eines Windig Gewordenen Krieges.

Smitt

Wir sind es. Wir sind die Schnittzone, die man im altertümelnden Jargon sensibel nennt. Wir wissen das. Wir sind empfindlich und sublim zugleich, wir sind die Zwischenschicht, die die drei Rohrwelten der Stadt zusammendenkt. Das Mittlertum sind wir. Wir sind der permeable Puffer, die hochelastische Membran, die die Interessen dieser Welten ineinanderfließen macht. Durchlässig sind wir, und wir dringen selber ein und dringen durch, wenn die drei Separatsysteme übermäßige Verhärtung offenbaren. Logistisch streng vertreten wir das namenlos Gemeinsame gegen den Eigensinn, den Wasser, Abwasser und Gas spezifisch und doch ähnlich zeigen. Unsere Hand greift hegend ein, wenn eine der drei Flusswelten das Abströmen der beiden andersartigen Materien – und sei es nur durch Ignoranz! – direkt behindert oder indirekt beeinträchtigt.

Als sich als notwendig ergab, die Stelle eines Rohbilddeuters inhaltlich zu bestimmen und hierarchisch zu verorten, zogen wir alles, was bei Wasser, Abwasser und Gas diesbezüglich schon im Schwange war, entschieden in den Bannkreis unserer Befugnis. Im Rahmen unserer Personalbeschaffungshoheit entstand der freie Raum, den es stets braucht, um einen neuen Arbeitsfeldbegriff wie

aus dem Nichts zu definieren. Inzwischen ist die Rohbilddeutung ein bundesweit, in Bälde auch europaweit
verordnungsgenau umrissener Beruf. So ist es seinen
Gang gegangen. Wir wissen das. Wir wiederkäuen die
Verantwortung. Wir haben damals die Stelle eines Rohbilddeuters erstmals ausgeschrieben, alle Bewerber gleichermaßen hart und einfühlsam geprüft und schließlich
Harm Jan Smitt den Vorzug vor zwei anderen gegeben.
Wir wiederkäuen die Verantwortung. Wir legen das Geschehene für Wasser, Abwasser und Gas in den folgenden
sechs Paragraphen nieder.

§1 KATASTER

Das Abwasser gab nicht zum ersten Mal den Anstoß.
Oft kommt von dort das scharfe Licht der Dringlichkeit
und stört den eingefahrenen Usus. In diesem Fall war
es der Große Bruch, jener Kanalbruch, den inzwischen
selbst die Fachautoren gleich Fernsehen und Boulevard-
Presse als den Jahrhundertbruch bezeichnen. Unter dem
Volkspark barst ein Hauptabfluss der Gruppe A. Ursache
war ein simpler Wurzeleinwuchs: Eine monumentale
Esche, im Gründungsjahr unserer Republik als Schöss-
ling in den abgeholzten Park gepflanzt, sprengte im ersten Wachstumsschub die Seitenwand des hundert Jahre
alten Abwasserkanals. Gerade hatten die starken Regen-
fälle des Frühjahrs ihren Höhepunkt erreicht. In wenigen
Stunden wurde aus dem banalen Wurzeleinbruch eine
gewaltige Unterspülung. Sechshundertdreißig Fahr-
bahnmeter der Kennedyallee, das ganze Stück, mit dem
die vierspurige Straße den Volkspark teilt, versackten

im schaumgekrönten Brei aus Abwasser und Erde. Das Rosengärtlein, Symbol der deutsch-französischen Verständigung, die Doppel-Bronzestatue De Gaulles und Adenauers rutschten, grundlos geworden, in den sich strudelig nach oben fressenden Kanal. Im späteren Verlauf der Katastrophennacht stürzten, fast einen Kilometer weiter östlich, noch mehr als die Hälfte der hundert Backsteinsäulen des Ehrenmals der Sowjettruppen von ihren unterspülten Fundamenten. In diesen schlimmen Stunden war die gesamte Feuerwehr der Hauptstadt auf den Beinen, auch Bundeswehr und Bundesgrenzschutz wurden zur Eindämmung der Schlammflut eingesetzt.

Einer unserer tapferen Soldaten, ein Wehrdienstleistender, blutjung und in fast allen Dingen unerfahren, ist damals in den bewegten Erdmassen verschwunden. Im Morgengrauen fiel den Kameraden sein Fehlen auf. Mit eingeflogenen Lawinenhunden wurde nach ihm gesucht. Die neuesten Ultraschallgeräte und mehrere Rutengänger wurden an den Unglücksort gebracht. Aber der von dem Erdreich, das die Fluten und die eingesetzten Großmaschinen mehrfach hin und her geschoben hatten, vermutlich tief begrabene und zerquetschte Leib des jungen Mannes blieb verschwunden. Von uns, die stets den Fortbestand des Ganzen im Auf- und Untergang der Einzelteile sehen müssen, wurde im Lauf der anschließenden Krisenbewertungsphase für den Bereich Abwasser das erste visuelle Schadenskataster eingerichtet. Alle Kanäle der Gruppe A wurden Meter für Meter abgegangen, und alle Innenflächenschäden, auch die kleinsten Kratzer im Gemäuer, auf Video gefilmt. Wir hatten in Ermangelung eigener Spezialisten eine Außenfirma, ein renommiertes

Institut für Industrie- und Werbefilm, mit der Durchführung aller Bilderstellungs- und Bildgestaltungsarbeiten beauftragt. Als Harm Jan Smitt ein gutes Jahr darauf die so entstandenen Filme sichtete, lachte er laut und grob und fuhr sich mehrmals mit allen Fingern von der Stirn bis in den Nacken durch die langen, pechschwarz gefärbten Haare. Smitt, unser erster Rohbilddeuter, nannte seine Kollegen vom Industrie- und Werbefilm die ärmsten, die allerärmsten Armleuchter, nannte sie jämmerliche Funzelträger im Lichtkreis unserer Sonne.

§2 EXPERTISE

Unsere Entscheidung, Smitt den anderen in die engere Wahl gekommenen Bewerbern vorzuziehen, stützte sich nicht zuletzt auf eine Expertise der Abteilung Ostgas-Renovierung. Dort war der spätere Rohbilddeuter Harm Jan Smitt bereits drei Jahre vor dem Jahrhundertbruch als findungsreicher Fachmann aufgefallen. Die unter unserer Nebenaufsicht tätige Abteilung erprobte verschiedene Verfahren zur Schnellabdichtung alter Stadtgasrohre. Nach und nach wurden die Ostbezirke der Hauptstadt vom feuchten Braunkohlestadtgas auf das nahezu wasserfreie russische Erdgas umgestellt, und die nicht selten fast hundert Jahre alten Dichtungen trockneten schneller aus, als die Experten der zuständigen Bundesprüfanstalt berechnet hatten. Die Zahl der nennenswerten Lecks nahm zu. Die Straßenbäume starben peinlich häufig. Faulstoffe lösten sich im aufsteigenden Gas und traten in riechbarer Menge durch das ritzenreiche alte Pflaster. Smitt war zu diesem Zeitpunkt Außenprojektleiter einer der Firmen, die Abdichtungstechnik anzubieten hatten, und stellte diejenige Methode in der Hauptstadt vor, die schließlich das Rennen machte. Es handelt sich um das inzwischen stark verbesserte, in seiner Logik aber gleichgebliebene Umstülpschlauchverfahren. Ein hochwertiger Silikonschlauch, ein sogenannter negativer Strumpf, wird mit Luftdruck in das Rohr gewälzt. Ein oxidativer Kleber auf der Außenhaut des Schlauches verbindet sich mit dem Gusseisen des Rohrs. Entscheidend für den Sieg des Umstülpschlauchverfahrens über die anderen konkurrierenden Systeme war eine pfiffige Ad-hoc-Erfindung Smitts. Er baute sich vor Ort etwas zurecht. Er nahm ein altes, nur noch selten benutztes Reinigungsgerät, den sogenannten Röhrenmaulwurf, von dem sich mehrere Exemplare bei Ostgas erhalten hatten, und montierte in den ringsum mit Rollen versehenen Fahrzylinder dieses Vorkriegsapparats drei starke Lampen und einen Camcorder der Kleinstbauweise, ergänzt um eine weitwinklige Vorsatzlinse aus der Gebäudeüberwachungstechnik. Die Filme, die er auf diese Weise drehte, gaben erstmals in der Geschichte der Gasrohrtechnik einen Eindruck von dem, was bisher nur nach Demontage und gewaltsamer Rohreröffnung zu beobachten gewesen war. Bei vollem Gasdruck fuhr Smitts umgebauter Röhrenmaulwurf ferngesteuert durch die Rohre, das Mikrophon des Camcorders machte sogar das Ausströmen des Gases an den entdeckten Lecks als ein ganz dünnes, klagendes Pfeifen hörbar. Sämtliche so entstandenen Filme, ja selbst das Aufnahmegerät, der längst wieder verstaubte Röhrenmaulwurf, wurden vorletzte Woche in einer Blitzaktion der Polizei beschlagnahmt. Es war bereits die dritte Hausdurchsu-

chung, seit eine junge und äußerst ambitionierte Staatsanwältin in Sachen Smitt ermittelt.

§3 GRAPHOGRAMM

Die graphologische Abteilung unserer Wasserwerke war
im Zusammenhang mit Einsparungen im Personalbereich
mehrmals von Auflösung bedroht. In jedem Fall haben
wir interveniert, die Übernahme des graphologischen
Archivs und aller Mitarbeiter angeboten und so den
Fortbestand dieser betrieblichen Besonderheit zu garan-
tieren vermocht. Bekanntlich liegt der Ursprung der bei
großen Wasserwerken einst obligatorischen Abteilungen
in den letzten Cholera-Epidemien, die Europas aufstre-
bende Städte um die Jahrhundertwende überraschten.
Man sah damals, nur teilweise zu Recht, die Ursache für
das hygienische Desaster in grobem Fehlverhalten des
Personals der Wasserwerke. Die Infektion der Stadtbe-
völkerung war nämlich nicht nur über die zahlreichen
wilden Brunnen und die noch nicht kanalisierten Ab-
tritte erfolgt, sondern viele Ersterkrankte hatten sich
den Bakterienschub auch einfach am Wasserhahn geholt.
Deshalb wurde in meist geheim gehaltenen Beschlüssen
angeordnet, alle in der Trinkwasserbereitung Tätigen
scharf auf Verlässlichkeit zu prüfen. Die Schrift, die unverwechselbare Handschrift, schien den damaligen Bü-
rokraten der Königsweg zu jedem tieferen Verständnis
ihrer Untergebenen zu sein. Bis heute glaubt mancher
Personalchef, dass böswilliges Zuwiderhandeln oder sa-
botagehaftes Unterlassen im Schriftbild des Betreffenden
vorherzusehen sei.

Smitt wurde graphologisch überprüft, als er seine Tätigkeit als Rohbilddeuter bei Wasser aufnahm. Beschränkt auf das Projekt Hauptrohrentkalkung, sollte er exemplarisch zeigen, dass sich aus den Verkrustungen des dortigen Betriebs Initiative und Innovation entwickeln ließen. Vertraglich war eine dreimonatige Probezeit vereinbart. Unsere Graphologen, alle drei Anhänger der graphologischen Entwicklungslehre, waren erfreut, auch ältere Schriftbeispiele in die Analyse der aktuellen Arbeitsunterlagen einbeziehen zu können. Smitts Notizen zur Umrüstung des Röhrenmaulwurfs waren bei Ostgas-Renovierung in den Akten erhalten. Wir hatten den Graphologen diese Blätter, kleine, nicht ungeschickte Zeichnungen mit anweisungsartig formuliertem Text, zusammen mit Smitts handgeschriebenem Bewerbungslebenslauf zur Prüfung vorgelegt. Bald gab es allerneuestes Material aus der begonnenen Probezeit, und schon im zweiten Monat sprach in ganz ungewohntem Vorstoß der Leiter der graphologischen Abteilung persönlich bei uns vor. Der ältere Mann, ergrauter Doppeldoktor, mit Leib und Seele Soziobiologe und Verhaltenstherapeut zugleich, kämpfte um seine Vortragsfassung; wenn es im innerdienstlichen Verkehr Entsetzen gibt, dann war es dem erprobten Fachmann ins Gesicht geschrieben. Die Handschrift Smitts gebe zu schlimmsten Prognosen Anlass. Die psychokonstanten Merkmale klafften in einer Weise auseinander, dass man nicht von der Schrift, sondern im Plural von den Schriften dieses Probanden sprechen müsse. Man habe ausgefallene Spezialliteratur studiert, um wenigstens über ein paar Vergleichsbeispiele für das bei Smitt Entdeckte zu verfügen. Ein ähnliches Auseinanderdriften von Permanenzindikatoren finde sich allenfalls bei schubweise gestörten Seelenkranken oder bei Malern, falls diese ihre Handschrift oder handschriftverwandte Graphemata in ihrem bildnerischen Werk verwenden würden.

Wir forschten nach. Es stellte sich heraus, dass Smitt bereits seit seiner Schulzeit experimentelle Kurz- und Kürzestfilme drehte. Auf sogenannten Avantgarde-Festivals hatte er im Lauf zweier Jahrzehnte einmal einen zweiten und zweimal einen dritten Ehrenpreis gewonnen. Einer der Filme wurde sogar im Nachtprogramm des deutsch-französischen Kulturkanals ausgestrahlt. Wir haben uns, auch um den Graphologen weiteres Material zu geben, eine Kopie davon besorgt. Das Filmchen heißt Kleine Geschichte Unserer Ziffer Null und ist knapp zwei Minuten lang. Von dieser Gesamtzeit gehen dreißig Sekunden an die zwei Schrifttafeln des Abspanns, auf denen umständlich erklärt wird, wie die zuvor als eigentlicher Film gezeigten anderthalb Minuten technisch zustande kamen. Der Filmemacher Smitt hatte in seiner Dunkelkammer mit feinen Stiften die Negative eines noch unbelichteten Röntgenspezialfilms beschrieben und ornamental zerritzelt, den so entstandenen Rohfilm entwickelt, auf Video kopiert und dann mit Hilfe von Graphik-Software weiter bildnerisch bearbeitet. Unsere Graphologen beschrieben das Ergebnis als manisches Gewimmel, als Selbstlauf vorverständiger Systeme, als ameisenhaufenhaften Zeichenwirrwarr, als psychedelische Entkopplung logischer Mechanik und waren, was Smitts Gesamtbild anging, doch beruhigt. Das Disparate schien sich in einem Hobby an- und abzuspannen. Heute ließe sich der Film, der nichts als Zahlen, Buchstaben und bruchstückhafte Kringel, ganz selten auch spiralige Gebilde zeigt, mit anderem Blick betrachten. Aber die untersuchenden Behörden, geführt von jener übereifrigen Staatsanwältin, haben unsere Videokopie im hamsterhaften Furor der Beweismittelerhebung wie alle anderen dienstlichen Unterlagen Smitts beschlagnahmt. Sogar der leere Kleiderspind, den er zuletzt in einem Bauwagen unseres mobilen Rohrnotdienstes nutzte, wurde spurenkundlich untersucht und jede Ritze mit Hilfe eines Spezialstaubsaugers der letzten Krümel- und Faserspuren beraubt.

§4 ERMESSENSSPIELRAUM

Smitts Probezeit bei Wasser, sein Mitwirken am Großprojekt Hauptrohrentkalkung, war auf stupende und folgenreiche Weise von Erfolg gekrönt. Mit Hilfe einer von ihm entworfenen und gebauten Bildkabelspirale wies er die Existenz von etwas nach, das, bislang ungesehen, in allen großen Druckwasserleitungen der Stadt auf geisterhafter Wanderschaft gewesen war. Die neuartige Teleskopspirale Smitts kann über jeden Straßenhydranten in die Hauptwasserleitungen geschoben werden und liefert je nach Rohrverlauf Videobilder aus bis zu zwanzig Meter Leitungslänge. Entgegen allen bekannten, entfernt vergleichbaren Verfahren arbeitet Smitts Methode nur mit Gegenlicht. Eine zweite Spirale, die einen Strahler trägt, wird an der nächstmöglichen Stelle in die Leitung eingeführt und wirft ein hyperpermeables Blaulicht in Richtung Kameraspirale. Die so gewonnenen Filme erschienen Smitts Kollegen und Zuarbeitern völlig unbrauchbar. Die Videobilder zeigten den Querschnitt des Wasserrohres wie eine Himmelskuppel, wie einen Nachthimmel, den ein gigantisches Gewitter mit Blitzen durchtobt und so dem Dunkelblau des Firmaments mit unaufhörlichen Entladungen stets neue veilchen- und rosenfarbene Lichtgeburten abzwingt. Im Tohuwabohu dieser Bildschirmfarben war anderen Experten absolut nichts erkennbar, was der Arbeit diente. Smitt jedoch schaffte es, in ausgeklügelt reduzierten Standbildern die Innenrohrkontur, die Dicke, den Verdichtungsgrad und damit die relative Brüchigkeit der angelaufenen Verkalkung sichtbar und messbar aufscheinen zu lassen. Damit wurde er seinem von uns umrissenen Rohbilddeutungsauftrag voll gerecht, erfüllte den gesetzten Aufklärungsrahmen in korrekter, fast idealer Weise – ging aber, als sähe er die Grenze nicht, sogleich über sein Arbeitsfeld hinaus. Er fand etwas ganz Neues, bislang Unbenanntes. An Bildschirm und PC, bei der geduldigen Manipulierung der aufgenommenen Bilder, entdeckte er etwas Vagierendes: Körper schwammen im Strom des vielfach gesiebten und gefilterten Stadttrinkwassers. Smitt sah bisher von keinem Auge ausgemachte Gegenstände, ei- oder kugelförmig, meistens nicht länger als ein Fingerglied, in seltenen Fällen aber annähernd so groß wie eine Kinderfaust. Immer waren Smitts Findlinge so glatt, dass sich das Licht an ihrer Oberfläche spiegelnd brach, und manchmal waren Auswüchse der Strömlinge zu flossen- oder propellerblattartigen Formen flach geschliffen.

Smitts Wasserleitungsfund aktivierte sogleich alles, was einst der krampfhafte Begriff Betriebsgeheimniswahrung umrissen hat, was heute hingegen in einem weit flexibleren Jargon als offensive Transparenz bezeichnet wird. Wir legten unserer vierteljährlich an die regionalen Medien versandten Rohrwelt-Infomappe fünf Bildpostkarten, fünf Hochglanzfotos besonders schön geformter Findlingskörper, bei. Wir ließen unseren besten Texter eine Glosse schreiben, die diese Gesellen der Finsternis in humoriger Erzählung als liebenswerte Wanderburschen städtischer Unterwelten präsentierte. Die bundesweit zweitgrößte Wochenzeitschrift druckte sämtliche Fotos nach und kolportierte unsere Textvorgabe zu einer doppelt so langen Eigenreportage. Damit war die Gefahr gebannt; die Findlingsfrage war ästhetisch-publizistisch ausgereizt.

Inzwischen lagern über einhundert aus Wasserhauptleitungen gefischte Exemplare dieser Schwimmer abermals im Finstern, im Kellertresor der Wasserhauptverwaltung. Chemische Analysen zeigten, dass sie zu mehr als einem Drittel aus brisanten Stoffen zusammengebacken sind: vor allem aus purem Blei, aus Chrom-Vanadium-Legierungen und aus einer seltenen, hochkomplexen Sprengstoff-Kalk-Verbindung. Die drei Problembestandteile der Leitungsschwimmer ließen sich auch in ihrer Herkunft mit hoher Sicherheit bestimmen. Das Blei stammt aus geborstenen alten Rohren, das Chrom-Vanadium aus Sickerwassern stillgelegter Industriegelände und das verkalkte TNT von der Unzahl der ungeborgenen Blindgänger unseres letzten Krieges.

Weit schwieriger wäre es wohl gewesen, Erklärungen dafür zu konstruieren, wie äußerst seltene Metalle, Titan, Germanium und Schlimmeres, in mikroskopisch kleinen Stücken, aber in reiner Form Bestandteil von Smitts Findlingen geworden waren. Und ähnlichen Einfallsreichtum verlangte auch die Frage, warum die schweren Körper sich nicht an strömungsschwachen Punkten abgelagert hatten, sondern gegen den Leitungsfluss in permanenter Schwimmbewegung schwebten. Wir werden dafür eine eingängige Antwort finden, wenn wir den Zugzwang eines Wissenwollens spüren. Wir untersagten Smitt, die Filme, die er vom Bewegungsspiel der Strömlinge besaß, durch weitere Bearbeitung in Denkmodelle und andere Deutungsmaschinen umzusetzen. Wir wussten schon damals, was wir heute wissen: Smitt musste das Verbot missachten. Wir wissen es. Das Böse und das Neue sind Magnet und Eisenstein zugleich. Die Rohbilddeutung war durch uns hindurch ein Teil der Welt geworden. So lebt sie fort und sucht sich andere Orte. Smitts Weiterexistenz jedoch war an Smitts 69 Kilo Lebendfleisch gebunden.

§5 PROBLEMLÖSUNG

Der Leistungsüberschuss des Rohbilddeuters Smitt drohte die Form seines Metiers zu sprengen. Alles war neu. Wir spürten die Impulse Smitts, unmäßig stark und schwer vorhersehbar in ihrer Richtung. In solchen Fällen sind die Mienen der Kontrolle oft nicht weit von den Grimassen der bekämpften Dissidenz entfernt. Wir wussten es. Wir destillierten die Verantwortung. Als Konsequenz der Findlingsproblematik wurde der chronische Alleinarbeiter Smitt mit einem Rohbilddeutungsassistenten ausgestattet. Wir ließen ihn als unseren Mann an langer Leine laufen. Täglich sprach er seinen Bericht auf Band.

Wir stellten keine Fragen, um den Output-Strom der Arbeitskontaktabfühlung nicht zu hemmen.

Aus tausendundeinem Alltagssplitter ergab sich die Intimschau auf den Arbeitsmenschen Smitt, so wie ihn seine Untergebenen erfühlten. Smitt war in den drei Rohrwelten beliebt und unbeliebt. Im Ablauf einer einzigen Arbeitsverlaufserklärung sprang er vom Sie zum Du und endete erneut im Siezen. Er stellte seinen Mitarbeitern während schwieriger Demontagearbeit unvorhersehbare, peinlich private Fragen. An manchen Tagen bestand er, weil er sich für übelriechend hielt, auf einem Bannkreis von zwei Metern rings um seinen Leib. Dann mussten ihm die Werkzeuge, selbst teures elektronisches Gerät, frei zugeworfen werden. Im Anschluss an solche Quarantäne-Tage kam es nicht selten zu körperlichen Übergriffen auf die ihm Untergebenen. Ein alter Schlosser beschwerte sich noch kurz vor dem Ende seiner Lebensarbeitszeit beim Personalrat. Smitt habe ihn mehrfach wegen besonders gut gelungener Rohrbohrlöcher, zweimal auch wegen seines präzisen Freihandschnitts mit der Metalltrennscheibe umarmt und ohne jede Vorwarnung auf Stirn und Schädeldach geküsst.

Alle Zeichen rundeten sich zum Bild, als Smitt den reparierten Abwasserhauptkanal unter dem Volkspark prüfte. Es war bereits der dritte Volltest der nach dem Großen Bruch rekonstruierten Röhre. Auf Anweisung des Rohbilddeuters Smitt wurde erstmals ein Zulauf aus der Südostspitze des Parks in die peinlich genaue Untersuchung einbezogen. Es handelt sich um einen alten Regenwasserzubringer, der damals die Katastrophe ohne erkennbaren Schaden überstanden hatte. Fünfhundertdreißig Meter reicht das Seitenstück noch in den unteren Park hinein. Die hüfthohe, ovale Röhre ist ganz aus gelbem Oder-Klinker aufgemauert, und bis heute lagert die dreifach gebrannte Glasur der fast hundert Jahre alten Steine keine Schmutzschicht an. Smitt liebte die hyperglatte, glänzende Oberfläche solcher Innenwände, denn ihre Reflexionspotenz, die Filmen mit dem Ziel deutbarer Bilder scheinbar unmöglich macht, forderte den ganzen Einfallsreichtum seiner Kunst heraus.

Damals, bei jenem Überprüfungsgang, kroch Smitt als Erster aus der Betonröhre des renovierten Hauptkanals in den niedrigen alten Zulauf, Lampe und Kamera am Helm befestigt. Sein Assistent berichtet weiter, schon auf dem ersten Wegstück habe Smitt damit begonnen, die linke Wand der Röhre mit bloßen Händen zu betasten. Er habe die Klinkersteine mit den Fingerknöcheln abgeklopft, an der Glasur herumgeschnüffelt und einzelne Stellen zum Entsetzen seiner Mitarbeiter sogar mit weit herausgestreckter Zunge abgeleckt. Nach einem Dutzend qualvoll langsam absolvierter Meter hatte Smitt dann offensichtlich das Gewitterte gefunden: Plötzlich hockte sich unser Rohbilddeuter nieder, verharrte in seltsamer Pose über dem flach dahinsickernden Wasser, starrte wie selbstverloren auf ein Stück Klinkerwand und wies die durch den Assistenten aus purer Verlegenheit gereichten Untersuchungsinstrumente mit leisen Grunzlauten zurück.

Die Spannung der wartenden Kollegen sei in den folgenden Minuten ins Unerträgliche gestiegen, und als der Rohbilddeuter endlich aufsprang, um mit dem Zeigefinger ein Quadrat von circa einem Meter Seitenlänge auf die feuchtbeschlagene Klinkerwand zu malen, hatte ein älterer Kanalarbeiter am Nacken des Assistenten in einer Weise aufgestöhnt, die dieser in seinem Bandbericht nur als unmenschlich bezeichnen konnte. Smitts Anweisung, die Wand an der von ihm umrissenen Stelle aufzubrechen, hätte nicht Folge geleistet werden dürfen. Allen war aus der Unfallfortbildung der Vorrang der Kanalgrundsekurität vor dem Erkundungsnotstand gut bekannt. Aber statt Smitt auf die Befugnisüberschreitung aufmerksam zu machen, habe seine gesamte unterirdische Mannschaft – der Assistent schloss sich hier ein – in einem wahren Furor das verlangte Loch in die massive, fast fugenlos gefügte Wand gerissen. Dabei hätten sie mit dem zufällig mitgeführten Werkzeug Vorlieb genommen, weil ihnen allen jegliche Verzögerung als eine Zumutung erschien. Auch ihm, dem Assistenten, sei es eiskalt und doch befeuernd über die schweißnasse Rückenhaut geschauert, wenn Smitt immer aufs Neue «Holt ihn ans Licht, unseren schwarzen Bub!» in ihren Arbeitslärm, ins Keuchen ihrer Anstrengung gerufen habe.

Der Zustand der freigegrabenen Leiche war erstaunlich. Wir konnten leicht modifizierte Fotos und Videosequenzen an Presse und Fernsehen weitergeben. Zwei große Wochenzeitschriften brachten den Kanalsoldaten auf ihrer Titelseite und spekulierten dabei ganz zu Recht mehr auf die Rührung denn auf das Entsetzen ihrer Käufer. Allerdings war es übertrieben oder gefühlsselig gelogen, wenn manche Journalisten schrieben, der Körper des Toten wäre wunderbar unversehrt, wie frisch verstorben im Erdreich aufgefunden worden. Der einst vom Schlamm des Großen Bruchs begrabene Bundeswehrler, den Smitt und seine Männer nach fast drei Jahren doch noch geborgen hatten, zeigte durchaus Spuren der Zeit. Zwar stimmt es, dass sein Muskelfleisch und seine Haut nicht von Verwesung angefressen, sondern nur schwärzlich aufgequollen waren und daher das Gesicht im Wesentlichen Form und Ausdruck beibehalten hatte. Auch war der Leiche nicht das kleinste Knochenbein gebrochen. Aber die Augen, die offenen Augen hatten auf Dauer der laugigen Schärfe des Sickerwassers nicht widerstehen können. Die Hornhäute waren aufgeweicht und hatten sich als Film, als grauer Schmierfilm, auf die Innenhöhlung der Augäpfel gelegt. Bevor das Video für das Fernsehen freigegeben wurde, hatte es Smitt deshalb ein wenig umgestaltet. Für die eigentlich kleine und nach Aussage des Assistenten auch nicht schwierige Veränderung schloss er sich volle drei Tage und zwei Nächte in seine Arbeitsräume ein. Dem fertigen Film gelang es dann, nicht nur die Kameraden und die Angehörigen zu schonen. Nein, auch dem aus dem Erdreich Aufgestörten wurde Smitt gerecht. Um selbst den Toten noch mit seinem Abbild zu versöhnen, schloss Rohbilddeuter Smitt die schrecklich hohlen Augen mit blau schimmernden Lidern – artifizell und glaubwürdig zugleich in ihrer Virtualität.

§6 AUSBLICK

Unsere erste Maßnahme im Anschluss an die von Smitt vollzogene Exhumierung war die sofortige Entlassung seines Assistenten. Der Sinn jeder nur denkbaren Beobachtung war ausgeschöpft; der Platz des Observators musste jetzt von einem Deplacierungsfachmann übernommen werden. Der hierfür ausgewählte Mann war trotz seiner Jugend alles andere als ein unbeschriebenes Blatt. Er hatte bereits dreimal, jeweils bei Wasser, Abwasser und Gas, diese Funktion erfüllt. In jedem Fall hatte das freizusetzende Subjekt an heikler Stelle in der Hierarchie gesessen, und jedes Mal war es recht schnell gelungen, das fragliche Individuum ohne nennenswerte Widerstände in eine andere Behörde oder Firma zu transeliminieren. Unser in jeder Hinsicht vielversprechender Deplacer nahm den Fall Smitt mit Feuereifer an, er fühlte sich von dem, was wir ihm mitzuteilen hatten, grundsätzlich herausgefordert und sagte uns, er sei entschlossen, mit dem Transfer von Harm Jan Smitt in eine neue Dimension der Deplacierungspraxis vorzustoßen.

Vom seinem ersten und einzigen Einsatztag, von seinem Arbeitsanfang als Assistent von Smitt, zeugt ein Video. Und es gibt keinen zweiten Film in unserer Datenwelt, den wir mit ähnlich großer Sorge und ähnlich bodenlosem Rätselraten angesehen hätten. Die Umstände seiner Entstehung sind inzwischen eruiert. Smitt hat auf offener Straße einen zufällig vorbeikommenden Schüler angehalten und ihm die Kamera in die Hand gedrückt. Der Junge war nach eigener Aussage gern bereit, den freundlichen Unbekannten und einen zweiten Mann, Smitts Assistenten, aufzunehmen. So zeigt das Band den Rohbilddeuter und den Deplacer, den wir für ihn bestellen mussten, bei bestem Tageslicht, aus mittlerer Distanz, von den Scheiteln bis zu den Füßen. Smitt und sein letzter Assistent stehen Schulter an Schulter vor dem Portal der Heizzentrale Mitte. Das rostzerfressene, mit schweren Ketten verschlossene Gittertor ist auch als Hintergrund auffällig genug. Smitt hat das prächtige Portal bewusst gewählt; das wild-vegetative Jugendstilgeschlinge des schmiedeeisernen Gitters war ihm sicher nicht nur Dekor, sondern Bildgrund in einem höheren, noch ungeklärten Sinn.

Einen Tag später wurde die Videokassette auf dem Gelände des stillgelegten Heizkraftwerks gefunden. Die Heizzentrale Mitte gehört zu den ganz großen Sanierungsvorhaben unserer Hauptstadt. Noch steht man hier wie andernorts am Anfang. Noch geht es uns in unserer Teilverantwortung darum, aus der Unzahl der Pläne, die die Heizzentrale Mitte graphisch abzubilden suchen, aus Konstruktionszeichnungen, aus Luftaufnahmen, aus Bildern, die sich historisch chronisch widersprechen, ein erstes Flächenschichtbild der realen Rohranlagen zu erstellen. Mit Sicherheit bedeuten die auf dem riesigen Gelände verlegten Wasser-, Kohlegas- und Hauptdampfrohre die größte Rohrverdichtung in Europa. Die Wahnwirtschaft unseres deutschen Zwergensozialismus hatte, rund um ein Kohlegaswerk aus der Vorkriegszeit, das größte Fernheizwerk der damaligen Schrumpfhauptstadt errichtet. Hier war der Wasserdampf erstmals unmittelbar nach der Erzeugung in gewaltige Röhren aus Kunststoff eingeleitet worden. Ihr neuartiger Hartplast, der Stolz der staatlichen Chlor- und Kohlenstoffchemie, wurde zunächst als Sieger über die Dampfrohrkorrosion gefeiert, jedoch bereits im ersten strengen Winter zeigte sich, dass diese Kunststoffrohre bei Höchstbelastung ihre Zylinderform nicht halten konnten. Sie platzten nicht, aber es kam zu Schwellungen und Beulenbildungen von fast grotesker Üppigkeit. Unter den Zwängen der Mangel- und Verschleißwirtschaft konnten die weich gewordenen, bizarr erstarrten und neuer Erweichung harrenden Fernheizrohre nicht ausgewechselt werden. Also lebte die Heizzentrale Mitte mit ihren Röhrenmonstern fort, bis sie im dritten Folgejahr der Wende vollständig abgeschaltet und provisorisch eingemottet wurde. Erst weit im Osten, in den tatarisch maßlos in sich verschlungenen Industrieanlagen des einstigen Sowjetrusslands finden sich noch heute ähnlich dichte und noch dichtere, rücksichtslos weiter in Betrieb gehaltene Rohrsysteme.

Smitt hatte seinen neuen Assistenten auf kritisches Terrain gelockt. Der Fernheizungsbereich war immer ein Gebiet, auf dem sich Gas und Wasser in spannungsreicher Kooperation befanden, und die Sanierung der maroden Ostanlagen kettet die beiden Rohrbereiche auf unabsehbar lange Zeit in Dringlichkeit, Finanzknappheit und in logistisch-personeller Überforderung zusammen. Wir wissen das. Wir ventilieren die Verantwortung. Wir hatten Harm Jan Smitt beauftragt, eine datentechnisch verarbeitbare Topographie der Kunststoffrohrvernetzung zu erstellen. Der leibliche Einstieg in das monströs geschwollene Geröhr war Smitt jedoch durch ältere Dienstvorschriften ausdrücklich verboten. Eine Erkundung wäre, wenn überhaupt, nur mit Ganzkörperschutzanzügen und Atemapparaten denkbar; bislang kann niemand sagen, welche Dämpfe aus dem hochkomplexen und mehrfach thermisch destabilisierten Kunststoff dieser Rohre dünsten.

Bereits am Morgen des Unglückstags war Smitt nicht zu einem dienstlichen Termin erschienen. Als er bis in den späten Nachmittag auch über Funk nicht zu erreichen blieb, wurde auf unsere Anweisung innerbetrieblich nach seinem Dienstwagen gesucht. Das Fahrzeug fand sich frühabends vor jenem Nebeneingang der Heizzentrale Mitte, der seit der Stilllegung der Anlage als allgemeine Bedarfseinfahrt fungiert. Smitt und sein neuer Assistent waren offensichtlich zu Fuß und ohne größeres Gerät hineingegangen. Der Camcorder samt Film fand sich am Rohreinstieg. Juristisch und infotaktisch sahen wir uns gezwungen, Feuerwehr und Polizei in unsere Sorge einzuweihen. Seitdem fehlt jede Spur. Unsere besten Männer kooperieren rund um die Uhr mit den technischen Spezialisten der Behörden. Aber es bräuchte einen Harm Jan Smitt, um Smitt zu finden. Wir wissen das. Wir wiederkäuen die Verantwortung. Wir sind es. Und wir bleiben es, solange keine andere Zeit unseren Betriebsfluss gliedert, solange keine neue Zeit die Rhythmen der Partikelströme in ein anderes Obermaß vermittelt. In präventiver Vorsicht werden wir heute auf unserer Pressekonferenz fernsehgerechte Betacam-Kopien des letzten Videos von Harm Jan Smitt an die Journalisten der lokalen Sender geben. Wir haben uns hierin mit Wasser, Abwasser und Gas und mit der Staatsanwaltschaft abgesprochen. Sogar die furiose, wahrhaft ermittlungswilde und alles Wissenswerte in Beschlag nehmende Staatsanwältin mag diese Bilder, zumindest einen Teil des Films, mit allen teilen. Schon heute Abend kann sie mit Mann und Kind wie jeder andere Fernsehschauer den Rohbilddeuter Smitt vor dem verschlossenen Tor der Heizzentrale Mitte stehen sehen. Smitt hält den neuen Assistenten fest im Arm, presst den ihm zugewiesenen Deplacer wie einen alten Kameraden an die linke Seite, an die Herzseite seines schlanken Körpers.

Nichts weiter als das Strammstehen dieser beiden Männer zeigt uns der erste Teil des Videos. Mit leicht verlegenem Lächeln halten sie über zwei Minuten unbeweglich in ihrer Doppelpose aus, als gelte es, einer urtümlich langen Belichtungszeit gerecht zu werden. Danach käme der zweite Teil des Films, den unsere Staatsanwältin bei der gestrigen Besprechung mit nervösem Kichern Smitts Tänzchen nannte. Diese Sequenz wird bis auf weiteres zurückgehalten. In ihr löst sich der Rohbilddeuter Smitt von dem im Hintergrund verbleibenden Deplacer und gibt sich als Hauptdarsteller seines letzten Videos zu erkennen. Er nähert sich der etwas wackelig gehaltenen Kamera so weit, dass er und seine kleine Pantomime das aufgenommene Bild bestimmen. Unser Deplacer ist nur noch, halbverdeckt und unscharf, fast wie ein Schatten, im Rückraum des Bildes zu erkennen. Dort scheint er sich ans Gitter des Portals gelehnt zu haben. Von hinten sah er so, was der Camcorder von vorn auf Dauer festgehalten hat.

Wir haben Smitts Gesten und die begleitenden Grimassen von Spezialisten aus verschiedenen Bereichen deuten lassen. Es handelt sich ganz ohne Zweifel um jene Regelkörpersprache, die an den deutschen Taubstummenschulen unterrichtet wird. Smitt scheint die Verständigungsmethode der Stimm- und Gehörverlorenen irgendwann erlernt zu haben. Und ein Experte, der diese Ausdrucksweise selbst beherrscht und sie zu lehren weiß, sagte, Smitts Vortrag sei ein wenig ungelenk, aber für jeden Eingeweihten zweifelsfrei verständlich. Wir glauben es. Wir haben selbst gelernt, den Code zu übersetzen. Wir wissen, was Smitts Film uns sagen möchte, und wollen es

beizeiten, also jetzt, an Wasser, Abwasser und Gas ver-
mitteln. Smitt gibt uns – mit expressivem Fingerspreizen,
mit innig langem Handaufsherz, mit fast wollüstig über-
triebenem Lippenrunden – sechsmal denselben Satz,
langsam, weil ungeübt, aber korrekt in jeder körperlichen Wiederholung sagt Smitt: Ich liebe euch doch alle.

Anrufung
des Blinden Fisches

Offenbarung

Das Zeichen stach mir im Frühsommer vergangenen Jahres zum ersten Mal ins Auge, als ich mich abends zur Schärfung eines berufsnotwendigen Instinktes durch einen Stapel Magazine las. Zuletzt blätterte ich, nur mäßig inspiriert, in der jüngsten Ausgabe der Deutschen Krautpostille. Die Zeitschrift, vierteljährlich im holländischen Groningen gedruckt, wird hier in Deutschland in sogenannten Headshops und einschlägigen Samenläden angeboten, per Post erreicht sie außerdem ungefähr siebentausend Abonnenten. Auch unsere Firma war auf meine Anweisung seit einem guten Jahr unter den ständigen Beziehern.

Auf über hundert Seiten widmet sich dieses Magazin nur einem Thema: dem vielfältigen Nutzen, den segensreichen Qualitäten der Cannabis-Pflanze. Weit wichtiger als seine pseudowissenschaftlichen und esoterischen Artikel ist mir der hintere Teil des Hefts. Dort bilden Hunderte winziger Kleinanzeigen einen virtuellen Marktplatz für Fans und Freaks, für Krämer und Konsumenten des immer noch verbotenen Krauts. Zahllose Samenarten werden angepriesen, Vorkeimkisten und Gewächshäuslein, ärme- oder Naturlichtlampen, potente Flüssigdünger, Mineralsalzkonzentrate und eine Fülle von Geheimtipps, um den Wirkstoffertrag in märchenhafte Höhen zu treiben. Dazu ein breites Spektrum Raucherwaren vom simplen, ungummierten Hanfpapierchen über verschiedene Filtertypen bis hin zur messingschweren, mehrfach beschlauchten Wasserpfeife.

Ich kann nicht einmal sagen, ob es wirklich das Zeichen des Blinden Fisches war, das mich noch einmal stutzen ließ. Mein Blick schweifte bereits mehr vermeidend als suchend über die eng gesetzten Zeilen. Wahrscheinlich kam mir ein Wort entgegen, das ich in jedem Text als Reizwort wahrgenommen hätte. Mit ihm benennt man in der Umgangssprache scherzhaft den peinlichen Defekt, an dem ich, trotz meiner relativen Jugend, schon seit mehreren Jahren laboriere. Ein Granulat aus der Cannabis-Wurzel sollte das lästige Männerleiden lindern helfen. Der nur ein Dutzend Wörter langen Anzeige war das Zeichen des Blinden Fisches als ungewöhnlich große Vignette vor- und nachgestellt.

Reizwort

Ich glaube und glaubte auch damals nicht an Wundermittel. Aber meine Beschwerden hatten sich arg verschärft. Bis zum Antritt einer bereits gebuchten Kur waren es noch neun Wochen, und mein strikt positives Denken hatte in jenem Sommer hart damit zu kämpfen, dass der chronisch gewordene Defekt meine Beziehungen zum anderen Geschlecht immer erheblicher zu stören begann. Die Kleinanzeige in der Deutschen Krautpostille nannte ein Postfach in Luxemburg, an das man für eine Probepackung des Wurzelgranulats 30 DM in bar oder Briefmarken desselben Wertes schicken sollte. Ich war so dumm und sandte bares Geld und habe als gerechte Strafe nie eine Antwort aus dem Großherzogtum erhalten.

Ende August, ein knappes Vierteljahr danach, bekam ich allerdings ein dickes DIN-A4-Kuvert aus Schweden, dessen Zustellung auf undurchsichtige, doch unbezweifelbare Weise mit meinem Brief nach Luxemburg zusammenhing. Ein Magazin- und Videoversand namens Mermaid Stockholm bot mir in seinem Wet-Thing-Sonderkatalog eine sündteure Kollektion von Leder- und Latexartikeln an, von denen nicht wenige ganz unverfroren auf mein spezielles Leiden zugeschnitten waren. Beschwerden, wie sie mich und andere Männer drangsalierten, sollten mittels der angepriesenen Utensilien in Quellen der Lust verwandelt werden.

Mehr als die Abbildungen des schnür- und aufpumpbaren Gummizeugs, mehr als die Einzel- und Gruppenaufnahmen der darin Eingepackten erstaunte mich der Text. In einem kuriosen Deutsch, durchsetzt von zahlreichen Grammatikfehlern, wurde mit seltenen, vermutlich aus alten Wörterbüchern gezogenen Vokabeln umständlich dargelegt, wie der genaue Ablauf geschlechtlicher Aktivität mit diesen Gegenständen vorzustellen sei. Sprunghaft, allenfalls pseudologisch angebunden, ging die Beschreibung über in ein Erörtern historischer Ereignisse und aktueller Weltprobleme, in allgemeines Räsonieren und esoterisch-religiöse Spekuliererei. All dies hätte mich ganz gewiss nicht lange fesseln können, wenn nicht jeder der Seitenzahlen, auffällig großgedruckt, das mir bereits bekannte Zeichen beigesellt gewesen wäre: jene Vignette mit dem Umriss eines Fisches.

Vignette

Mein Sommerurlaub sollte erstmals ausschließlich der Linderung, vielleicht sogar der teilweisen Kurierung meines Leidens dienen. Ein älterer Mitarbeiter hatte die Weihnachtsfeiertage im tschechischen Marienbad verbracht, seitdem erzählte er bei allen Gelegen- und Ungelegenheiten von der Wunderwirkung der sogenannten Kur des Politbüros. Tschechische Badeärzte hatten in der Ära des späten Stalinismus eine kombinierte Heilbehandlung ausgetüftelt, die den lendenlahmen Veteranen der Partei auf gespenstische Weise Auftrieb gab. Die legendäre Kur hieß seit den Wendejahren Virile Revolvierung.

Ich buchte zwei Wochen mit sämtlichen Extras und trat am ersten Tag zusammen mit vier anderen deutschen Männern an: drei ältere Unternehmer aus dem Rheinland, die sich persönlich kannten, dazu ein glatzköpfiger Informatiker aus Braunschweig. Wir alle wurden frühmorgens von einer Badeärztin namens Dr. Braun auf Herz und Nieren und auf die peinbringenden Organe untersucht; danach ging es drei Stunden in den heißen Kräuterschlamm. Ich, Benjamin der Gruppe, lag Schulter an Schulter mit dem Informatiker in einer der traditionellen Marienbader Doppelbadewannen. Der würzig dampfende Brei aus Moorerde und Kräutern schwappte uns bis ans Kinn. Ein griesgrämiger Bademeister achtete streng darauf, dass wir nicht einmal unsere Zehenspitzen aus der zähen Masse hoben. Dem Braunschweiger wurde

sogar das kahle Haupt mit dem grünschwarzen Zeug be-
schmiert.

Schwitzend und schnaubend kamen wir ins Gespräch.
Wir lästerten über die eben absolvierte Eingangsunter-
suchung, über die schamlos direkten Fragen, über die
kalten Hände Dr. Brauns. Dann fragte ich den Glatzkopf
nach seiner Arbeit, und er erzählte mir, weitschweifig
und ohne Rücksicht auf meine Laienschaft, dass er als
Informatiker in ein Forschungsprojekt des Instituts für
Logik an der Leibniz-Universität in Braunschweig einge-
bunden sei. Es gehe um spezielle Piktogramme, um die
bildliche Darstellung logischer Probleme, wie sie in der
Spätantike zu hohem Niveau entwickelt und noch im
Mittelalter verstanden worden sei. Unsere Zeit hingegen
tue sich lächerlich schwer, das einst Erreichte mit ihren
Mitteln aufs Neue zu ergreifen.

Der Informatiker hieß Schweick und war trotz seiner
Glatze noch keine vierzig. Vielleicht hätten wir für die
Dauer unserer Kur als Leidensgefährten gute Kameraden
werden können, doch als ich fragte, ob es in seinem For-
schungsfeld das Zeichen eines Fisches mit geschlossenem
Auge gebe, war es, als hätte ich ein Reizwort ausgesprochen. Sofort verließ er, ohne einen Grund zu nennen, unsere Doppelbadewanne. Die folgenden beiden Wochen
ging er jedem Wortwechsel aus dem Wege und grüßte,
wenn überhaupt, nur kühl mit einem kurzen Nicken.
Mehrfach jedoch hatte ich überdeutlich das Gefühl, dass
Schweick und unsere Badeärztin etwas über mich zu
reden hatten, da sie, lange und unverhohlen, von ihrem
Tisch im Speisesaal zu mir herübersahen.

Deutsch

Vor knapp vier Jahren war ich der jüngste Unternehmenssprecher Deutschlands. Das damals führende Managermagazin Business 2000 setzte mich in der Jahresbestenliste von Führungskräften unter dreißig auf Platz acht. Bis heute ist die Basis meines beruflichen Erfolgs, sein Mutterboden sozusagen, mein heller Instinkt für alles wirklich Neue. Ich rieche virulente News, auch wenn sie sich an kuriosen Orten, an ihren Keimplätzen, noch unentdeckt und sicher wähnen. Deshalb, aus dem berufsgeprüften Zutrauen in mein Gespür, legte ich mir den Katalog von Mermaid Stockholm, den ich bereits zum Altpapier geworfen hatte, als ich von meiner Kur zurückkam, sofort noch einmal auf den Schreibtisch.

Ich prüfte jede Abbildung und sprach den Text der Randspalten und Bildlegenden halblaut vor mich hin, um ja nichts Wichtiges zu überlesen. Endlich, zum dritten Mal auf Seite 27, wurde ich fündig. Die oberen vier Fünftel der Seite füllte das Foto eines Froschmanns aus. Sein Anzug war aus dunkelgrün gefärbtem, dickfaltigem Leder. Die Handschuhe zeigten Häute zwischen den gespreizten Fingerlingen. Der Kopfteil, eine Haube mit integrierter Tauchermaske, war durch einen goldenen Reißverschluss mit dem Stehkragen des Overalls verbunden. Das raue Leder überzog in Höhe von Bauch und Unterleib ein silbriger Schimmer; silbern verspiegelt war auch das Maskenglas. Der muskulöse, auch etwas fette Kerl, der in dem Anzug steckte, erschien mir halb amphibisch, halb wie ein Reptil, als ließe diese Kluft es offen, ob man sich den einschlägigen Exerzitien im seichten Wasser eines

Pools oder doch besser auf dem Laken eines Bettes unterziehen sollte.

Unter dem Foto blieb noch Platz für einen fünf Zeilen kurzen Text. Der unbekannte, mir durch die intensive Lektüre mittlerweile jedoch vertraut gewordene Verfasser wies darin auf eine Form geistiger Selbsterfahrung hin. Der letzte Schrei meditativer Innenweltwahrnehmung sei das im alten Königreich Kambodscha jahrhundertelang gepflegte, dann in Vergessenheit geratene, nun neuentdeckte Augenlose Schwimmen. In Klammern war eine Internet-Adresse angegeben, unter der sich jeder an Initiation Interessierte bei einer staatlich approbierten Wassertherapeutin Ratschlag holen könne. Hinter das Deutschland-Kürzel dieser Adresse war noch ein kleines, dunkles Oval gedruckt. Mit Hilfe einer Lupe konnte ich ohne Mühe verifizieren, dass es sich wieder um die Vignette handelte, um jene Fischkontur, der ein geschlossenes oder verwachsenes Auge eingeschrieben war.

Badeärztin

Meine Marienbader Badekur hatte nicht das erwünschte Resultat gebracht; mein Leiden verharrte in alter Lästigkeit. Schon hatte ich damit begonnen, mich wie gehabt mit den Beschwerden abzufinden, als eine knappe Woche nach meiner Rückkehr in die Hauptstadt, an meinem vierten Arbeitstag, etwas in mir zum zweiten Schlag ausholte. Beim morgendlichen Duschen bemerkte ich eine Rötung meines Bauches, verbunden mit einem leichten Jucken. Bereits am Wochenende war der gesamte Unterleib von den Oberschenkeln bis zu den Hüften einer so starken allergischen Reizung unterworfen, dass ich den hautärztlichen Notdienst der Universitätsklinik in Anspruch nehmen musste.

Nach einer Odyssee von Hautarzt zu Hautarzt, von einer Naturheilpraxis in die nächste, gelang es Anfang Oktober letzten Jahres einer jungen Dermatologin und Homöopathin, die ärgsten Effekte meiner Zweitkrankheit durch eine Eigenurinbehandlung weitgehend zu lindern. Es blieb mir allerdings ein kleiner, ovaler Fleck, eine klar umrissene Hautverfärbung rund um die Nabelmulde. Und dieses beständige Symptom, das Juckoval, wie ich es für mich nannte, gesellte sich zu meinem alten Männerleiden, als ob es dem bislang an einem gleichermaßen chronischen Begleitbild, an etwas Äußerem, gemangelt hätte.

Als ich in einer Berliner Tageszeitung las, dass eine Frau Professor Dr. Braun – meine Marienbader Ärztin! – für einen Vortrag in der Stadt erwartet werde, besorgte ich mir sogleich eine Karte. Frau Braun wollte an einem Samstagabend im Großen Goldenen Saal des Hilton mit Lichtbildunterstützung referieren. Für den darauffolgenden Sonntag war es möglich, Sprechstunden-Anteile zu erwerben. Aus unverdautem Ärger, aus Neugier und ein wenig auch aus Angst kaufte ich einen Zwei-Stunden-Bon zu einem Preis, den man beim besten Willen nur Wucher nennen konnte.

Der Lichtbildvortrag war dann zu meiner großen Überraschung historisch angelegt. Unter dem Thema ‹Kultur und Körperübel› sprach Frau Professor Braun von kollektiven Leiden aus längst- und jüngstvergangenen Zivilisationen. In freier Rede ließ sie alles auf jedes folgen. Die

Schilderung der chronisch geschwollenen Handgelenke in frühen levantinischen Kulturen ging über in TBC-Statistiken der späten Neuzeit. Die Gallensteine einer römischen Patriziersippe dienten ihr als antiker Gegenpol zu mysteriösen Krämpfen der Gesichtsmuskulatur, an denen die Infanten der Krone Spaniens gelitten hatten. Selbst kühne Seitensprünge in außereuropäische Kulturen, nach China, zu den Maori oder zu den Maya, machte die badeärztliche Universalgelehrtheit Frau Brauns in jedem Absatz ihres Vortrags möglich.

Der Schlussteil handelte in düsterer Beschreibung von den nervösen Leiden amerikanischer Funktionseliten. Das präsentierte Material stammte aus privaten Sanatorien an der Westküste der USA. Das letzte Lichtbild, der Schreckenshöhepunkt der Serie, zeigte den nackten Oberkörper eines noch jungen New Yorker TV-Writers. Der arme Kerl, genialer Vordenker in Sachen Seifenoper, hatte sich mit den Fingernägeln Brust und Bauchdecke zerkratzt. Das prächtig projizierte Dia brachte das Blutrot dieser Schrammen bis in die feinsten Ausläufer zum Leuchten. Zunächst schien mir das Liniengewirr nur das chaotische Ergebnis einer ungelenkten Selbstversehrung. Da aber Frau Professor Doktor Braun ein gutes Weilchen über die Leiden der US-Intelligenzler referierte, konnte ich nach und nach einen graphischen Umriss im scheinbaren Wirrwarr der Kratzwunden erkennen. Das Reizwort Fisch fiel dann im letzten Satz des Vortrags, doch es bezog sich nicht mehr auf das blutrünstige Dia, sondern nur auf ein kleines Nordsee-Buffet im Silbersaal des Hilton, dessen Inanspruchnahme im Eintrittspreis des Vortrags inbegriffen war.

Silbersaal

In meinem Metier, im Info-Design und Info-Management, fällt man im Kampf um den Erfolg entweder ganz von dessen Leiter oder man stürzt nach oben. Das hitzig fickrige Geschäft um konvertibles Wissen verbraucht seine Talente nicht anders als ein Schlachthof seine Kälber. Und auch bei mir hat oft nicht viel dazu gefehlt, dass ich im Nichts verschwunden wäre. Seit Anfang vergangenen Jahres war ich verantwortlicher Medienreferent bei einem Ass der Immobilienbranche. Der Alte, die unumstrittene graue Eminenz des hauptstädtischen Häusermarkts, hielt mich an langer Leine. Ich kommandierte seine zentrale Pressestelle; über Kupfer, Funk und Glasfaser ging die von mir lektorierte Firmenbotschaft in unsere sogenannte Welt hinaus.

Meinen Termin im Hilton hätte ich damals, am Sonntagmorgen nach dem Lichtbildvortrag, fast verschlafen. Ich, der ansonsten keine Einschlafhilfe und keinen Wecker braucht, hatte mich von Albtraum zu Albtraum, von einem schreckhaften Erwachen zum nächsten durch die Nacht gequält und musste froh sein, dass ich es, ungeduscht und unrasiert, zwei rote Ampeln überfahrend, noch pünktlich zur Hotelsprechstunde schaffte. Frau Doktor Braun schien mich zunächst nicht wiederzuerkennen. Erst als ich ihr vom Misserfolg meiner Marienbader Kur erzählte, zeigte ein Zucken ihrer Augenbrauen Resonanz. Wie ich dann ohne rechten Grund, aber im Tonfall eines Vorwurfs den Informatiker aus Braunschweig, den glatzköpfigen Schweick, erwähnte, fiel sie mir ärgerlich ins Wort und wies mich an, mich endlich auszuziehen. Das rote Mal auf meinem Bauch hatte in den vorausgegangenen Tagen wieder an Leuchtkraft gewonnen. Auf jeden, der es zum ersten Mal erblickte, musste es wie eine extravagante Tätowierung wirken. Frau Doktor Braun jedoch zeigte nicht das geringste Zeichen von Befremden. Gleichgültig schaute sie auf den ovalen Fleck und hielt dann kurz mit beiden Händen mein Bauchfleisch so gespannt, dass keine Falte oder Wölbung die Eindeutigkeit des Bildes rund um meinen Nabel fälschte.

Ich weiß nicht, wie der Rest der beiden von mir gebuchten Stunden bei ihr noch verging. Als ich mich schließlich, erschöpft und schrecklich fröstelnd, in der Eingangshalle des Hilton wiederfand, konnte ich mich weder an eine Diagnose noch an einen Therapievorschlag erinnern. Allerdings hielt ich einen Zettel in der Hand, auf dem in übergroßen, deutlich voneinander abgesetzten Blockbuchstaben eine Adresse in Berlin-Mitte geschrieben stand. Ich nahm sofort ein Taxi und fuhr in heller Aufregung, in einer Art von Hoffnung, hin. Am angegebenen Ort fand ich ein Abbruchhaus. Das Dach, anscheinend zu Zeiten der DDR behelfsmäßig mit schwarzer Pappe abgedeckt, war aufgerissen und zeigte völlig verkohlte Balken. Im Erdgeschoss war ein Geschäft gewesen, aber an nichts ließ sich erkennen, was dort zuletzt veräußert worden war. In einer vis-à-vis gelegenen Kneipe erfuhr ich, dass das Haus nach einem Dachstuhlbrand und wegen der damit verbundenen schweren Löschschäden als unbewohnbar aufgegeben worden sei. Der Laden im Parterre habe mit Samen und Gärtnereibedarf gehandelt. Ich war mehr als enttäuscht. Alles in mir hatte das ganz Besondere, eine Art Initiation, eine längst überfällige, für mich hochnotwendige Einführung in etwas Unbe-

schreibbares erwartet. Ich fühlte mich zum Narren gehalten. Nach einem ersten, in stummer Verwirrung hin-
abgestürzten Schnaps kam es dazu, dass ich dem Wirt
bei weiteren Schnäpsen alles erzählte. Der alte Kneipier,
ein ehemaliger Matrose mit schönen Tätowierungen auf
beiden Unterarmen, hörte mir geduldig zu. Auch dass
er eine kleine Meerjungfrau auf seinem linken Handrücken mit Kuppe und Nagel seines rechten Zeigefingers
streichelte, schien mir Ausdruck wirklichen Mitempfin-
dens. Als ich jedoch die ungewohnten, zudem auf leeren Magen genossenen Schnäpse vor seine Theke spie,
befahl er meine Einkleidung. Zwei kräftige Stammgäste
des Etablissements zwangen meine Arme in den Mantel;
im Handumdrehen fand ich mich, erneut gekränkt, im
Rinnstein kniend wieder.

Initiation
Zu Hause habe ich einen ISDN-Anschluss, zwei erstklas-
sige PCs, alles, was suggeriert, man könne mit Maus und
Tastatur wie Hänschen klein mit Stock und Hut in vir-
tuelle Weiten wandern. Meist ist es jedoch so, dass das
Gerät verstaubt, weil ich, um Zeit zu sparen, das, was sich
zielgerichtet recherchieren lässt, an subalterne Kräfte
unserer Firma delegiere. Die Internet-Adresse, von der
im Katalog des schwedischen Versandhauses versprochen worden war, sie könne Auskunft über das Augenlose Schwimmen geben, wollte ich allerdings aus einer
Art von Scheu an keinen unserer Angestellten weiterrei-
chen.
Spätnachts, als mich das Grölen eines betrunkenen Pas-

santen aus dem Schlaf gerissen hatte, setzte ich mich im Morgenmantel an den PC und suchte den Kontakt. Zu meiner Überraschung geriet ich auf die Homepage einer religiösen Gruppe. Die Bruderschaft Der Wiedertäufer Letzter Stunde offerierte den auf ihrem Netzpunkt Angekommenen eine Vielzahl von Lebenshilfe-Links zum Weiterlesen. Das Angebot reichte von «Alkoholismus – Geißel des berufstätigen Mannes» bis «Zen – Irrweg in den Fernen Osten». Das, was ich suchte, war als «Augenloses Schwimmen – Buße durch Blindheit» einer der ersten Querverweise. Wenn ich ihm folgte, erschien nichts weiter als der Text: «Bist du bereit? Bruder, geh in dich! Finde zur Bereitschaft!» Nach unermüdlichem Probieren, nachdem ich über alle anderen Links in öde, seelsorgerische Texte geraten war, gab ich im Morgengrauen auf. Aber ich hinterließ der Mailbox der Wiedertäufer Letzter Stunde einen ärgerlichen Hinweis auf mein Scheitern und die dringliche Bitte, mir über ein Weiterkommen in der Frage des Augenlosen Schwimmens umgehend Bescheid zu geben.

Kaum eine Stunde später wurde ich vom Fiepsen und Surren meines Telefaxgerätes aus dem Schlaf gerissen. Als ich, nackt und noch halb benommen, am Apparat erschien, wälzte sich die Papierschlange der eingehenden Botschaft schon auf dem Teppichboden. Bestürzt las ich, wie mich ein Unbekannter, der mich vom ersten Satz an duzte, mit wüsten Beschimpfungen bedachte. Die ganze, zwölf Seiten lange, handgeschriebene Botschaft reihte vor allem sexuelle Anspielungen und äußerst geschickt auf mich gemünzte Schmähwörter aneinander. Nicht wenige schienen mir frei erfunden, und mancher Missgriff in der Bildung ließ mich vermuten, dass der Verfasser des Deutschen zwar mächtig war, jedoch nicht muttersprachlich sicher mit ihm verfahren konnte. Das Fax trug keine Unterschrift; aber die Senderzeile verriet zumindest den Ort, an dem es aufgegeben worden war. Ich las den Namen eines Copy-Shops der Kleinstadt Leer, die, wie ich wusste, nahe der holländischen Grenze liegt.

Kurz überlegte ich, ob ich die Rechtsabteilung unserer Firma zurate ziehen sollte, war jedoch insgeheim bereits zu etwas anderem entschieden. Ich buchte einen Mittagsflug nach Bremen und ließ mir am dortigen Airport einen schnellen Leihwagen bereitstellen. Mein Plan stand fest und war auf monolithisch ungetüme Weise größer als meine Angst. Ich sprach in dunklen Sätzen mit mir selbst. Ich fluchte auf jene noch namenlose Wassertherapeutin, die mir samt der von ihr gelehrten Kunst des Augenlosen Schwimmens vorenthalten wurde. In düsterer Erleuchtung nannte ich sie die Schwester der böhmischen Kaiserin des Silbersaals. Ich murmelte, bereits im Flugzeug sitzend, achtmal den Schwur, keine Gewalt der Welt solle meine Einkleidung in das Gewand der Bruderschaft des Blinden Fisches noch weiter ungestraft verzögern dürfen.

Einkleidung
Der Flug nach Bremen brachte mir die bislang ärgsten Beschwerden meines Leidens. Ein Dutzend Mal schlängelte ich mich durch die Reihen, um der Vakuumautomatik des WCs lächerliche Tröpfchenmengen meines Urins zu überlassen. Als ich am Airport Bremen in den bestellten

Porsche stieg, legte ich eine leere Flasche auf den Beifahrersitz, um nicht an jedem Rastplatz anhalten zu müssen. Zum ersten Mal in meinem Leben fuhr ich über 200 Stundenkilometer. Schon auf der Autobahn nach Oldenburg setzte Gewitterregen ein; der Hochleistungsscheibenwischer meines Wagens hatte Mühe, das Frontglas frei von Wasser zu bekommen. Halbblind hielt ich die Spur. Die linke Hand betätigte den Aufblendhebel und steuerte allein, wenn ich auf dem Sitz nach vorne rutschte und die Rechte das Pissglas zwischen meine Schenkel führte.

In Leer ließ ich den Wagen am Rande der Altstadt stehen und fand nach kurzer Suche den Copy-Shop, von dem aus ich Stunden zuvor per Kabel angegriffen worden war. Der Laden blieb auch nach meinem Eintritt leer, da ich mich selbst aus gutem Grund nicht als ein Kunde fühlte. Hinter der Theke stand eine ältere Frau. In einem Zeitschriftenständer neben der Kasse wurde die Deutsche Krautpostille feilgeboten. Die Frau gab vor, nichts von dem heute Morgen in ihrem Laden an mich aufgegebenen Telefax zu wissen. Ich war gezwungen, der Wahrheit mit Gewalt zu ihren Rechten zu verhelfen. An der Rückwand des Ladenraums fand sich ein kleines Waschbecken befestigt. Ich ließ es zur Verwunderung der Frau randvoll mit Wasser laufen, ergriff sie und drückte ihren Kopf so lange immer aufs Neue unter Wasser, bis ihr blubberndes Geschrei in ein Geständnis überging. Sie spuckte Rotz und Wasser und Bruchstücke ihres Wissens aus. Als sie zuletzt, heftig aus der Nase blutend, langsam an der Wand zu Boden sackte, hauchte sie, fast unhörbar leise, den ersehnten Namen: Eine Frau Bach sei im holländischen Grenzort Nieuweschans in einem Bade- und Erholungszentrum namens Intermare als Wassertherapeutin tätig. Euphorisiert von der greifbaren Nähe des Erfolges, irrte ich eine gute Stunde durch die winzige Altstadt von Leer, bis ich den Porsche wiederfand. Diese in glückseliger Vorlust verlorene Stunde wurde mir zum Verhängnis. Ich kam nicht in die Niederlande. Knapp vor der grünen Grenze fuhr ich in eine Falle unserer Polizei. Ich wurde von den niederen Mächten staatlicher Gewalt daran gehindert, Frau Bach in Holland aufzusuchen.

Mein Rechtsanwalt, ein alter Verbindungsbruder des Berliner Firmenanwalts, hat alles in der Sache Mögliche für mich getan. Durch eine schöne Schicksalsfügung erwachte jene Copyladen-Angestellte just am ersten Tag der Hauptverhandlung aus ihrem wochenlangen Koma. Auch so gesehen war meine Untersuchungshaft gerade lang genug. Jetzt, in der anderen Anstalt, denke ich gerne zurück an das Gefängnis, an meine wässrig grün gestrichene Zelle. Ich saß allein darin, weil man mich für gefährlich hielt. Das kleine Milchglasfenster schenkte ein weiches, fast schummrig mildes Licht. In dieser günstigen Beleuchtung studierte ich tagtäglich, lang und ohne müd daran zu werden, was meine Vorgefangenen in den Lackanstrich der Wand geschrieben hatten. Am Tage meines Umzugs in die Nervenklinik, im frühsten Morgengrauen, kratzte ich selbst mit einer aus den Akten meines Anwalts gestohlenen Büroklammer das Zeichen des Blinden Fisches in die Mauer, genau in den Bereich, den auch die folgenden Gefangenen vor Augen haben werden, sobald sie sich, im Stehen pissend, über die brillenlose Schüssel beugen.

Nun, bei den armen Irren, muss ich das Zimmer mit zwei

Männern teilen. Aber die beiden stören mich nicht sehr. Sie wissen nichts. Sie schlucken all die Pillen, die meine Zunge hinter meinem linken, zum Glück stark hochstehenden Weisheitszahn versteckt. Es geht mir gut. Ich lese viel. Im letzten Monat ist es mir mit Hilfe unserer treuherzigen Bewegungstherapeutin sogar gelungen, auf dem Postweg die Deutsche Krautpostille zu beziehen. In diesem Augenblick bin ich mit ihrem Studium beschäftigt. Im Mondlicht kritzele ich Wörter an den Rand des Kleinanzeigenteils und lese mir die eine oder andere Annonce vor. Ich spreche zu mir selbst, während meine Zimmergenossen im Nebel der Beruhigungsmittel schnarchen. Ab Montag dürfen wir drei und einer aus dem Nachbarzimmer im Rahmen eines therapeutischen Beschäftigungsprogramms an neue, der Anstalt gestiftete PCs. Wer weiß, womöglich findet sich ein Weg ins Netz. Bis dahin bleibe ich mir selbst genug. Die linke Hand fährt unters Hemd und streichelt meinen Bauch. Die Mittelfingerspitze liebkost mir den ovalen Fleck. Sobald ich sitze, presst sich mein Bauchnabel zu einem Faltenstrich zusammen. Alles fügt sich ins Bild. Ich habe viel gelernt. Mein Wissen hüllt mich ein. Mein Geist vermag sogar mein mickrig ominöses Männerleiden in Glanz und Klarheit umzudeuten. So ruf ich dich. Ich bin bereit. Ich harre eingekleidet in Bereitschaft.

SCHNITTSTELLE

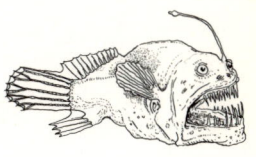

Berlin Scanner

Im Sommer hause ich in meiner Laube. Mein Eigentumsappartement nahe Ku'damm ist dann an Hauptstadtbesucher, meistens Business-Reisende, vermietet. Ich ziehe zu den Schrebergärtnern. Mein Info-Anschluss an den Draht- und Glasfaserverhau der Welt reicht bis ins Gartenhäuschen. So lieb ich mein Berlin: mit Trockenklo, mit Gaspatrone unterm zweiflammigen Kocher, mit dem Geruch der eigenen Schwitze aus ungemachtem Bett, aus den Klamotten überm Hocker.

Jeff faxte mir aus Frankfurt, dass es Arbeit gab. Die Unterlagen rutschten in der Nacht darauf per E-Mail aus seinem Penthouse in meine Schrebergartenkolonie. Im ersten Vogelzwitschern saß ich draußen und sah die ausgedruckten Seiten durch. Ich trank Kaffee mit Cognac und schnupfte meine erste Prise Altberliner Mischung. Jeffs Text ging mir mit dieser Schmierung ganz schnell und hell ins Hirn. Es war das Übliche: Produktprofil und Schwachpunkt-Topographie der Probekunden. In achtundvierzig Stunden wollte Jeff nach Berlin geflogen kommen, um noch am selben Tag dem runden Tisch der Hengste vorzusitzen. Das hieß, ich hatte nur das angebrochene Wochenende, um den Konsum der Altberliner Mischung auf Arbeitsniveau zu reduzieren. Im Sommer, in der Schrebergartenzeit, schnupfe ich deutlich mehr als sonst. Vielleicht ist es die Sonne, vielleicht sind es die schwülen Nächte in der engen, vom Tage aufgeheizten Laube, vielleicht sind es auch nur die Vögel und ihr Schreien, die mich öfter ins weißgefüllte Döschen greifen lassen.

Wir saßen weit im Kreis. Jeff ist ein Graugesicht wie ich. Seit ich ihn kenne, seit zehn Jahren, sieht er exakt wie fünfzig aus. Nur eine mit der Zeit zu spitz pompöser Größe hochgewachsene Warze in seinen kurzgeschorenen Schädelhaaren verweist auf einen Alterungsprozess. Der Name Konferenz der Hengste für die Verkäufersitzung stammt von ihm. Ich sah, dass er mit Ausnahme von mir nur junge Burschen eingeladen hatte, die jüngsten halb so alt wie ich. Mir war es recht. Ich weiß so gut wie Jeff, wie wenig unsere Alten taugen. Ich war topfit; mit viel Kaffee, Kaffee mit Cognac, hatte ich den Verbrauch an Altberliner Mischung in den zurückliegenden Tagen fast auf die Hälfte reduziert. Die Firma, die Jeff für das anstehende Verkaufsprojekt geschaffen hatte, trug den schlagend kompakten Namen N O G O, und das von ihr, von uns vertriebene Produkt hieß N O G O -Scanner. Jeff referierte kurz über die ausgewählten Einstiegskunden. Dann offene Teambesprechung. Die jungen Hengste suchten ihre Chance, vergaloppierten sich, wie es dazu gehört, und mit uralten Tricks, mit zwei, drei meiner miesen kleinen Fragen, brachte ich unsere Eifrigsten dahin, dass sie sich gegenseitig in die Eier bissen. Jeff hatte seinen Spaß. Ich auch. Ganze zweimal schlich ich mich raus aufs Klo, um mir die Nasenschleimhaut zu bepudern.

Der eigentlich Kick jedoch liegt erst im Anheben der Praxis. Die jungen Hengste haben die Hosen viel zu voll, um den Verkaufsbeginn, den Aufsprung auf den Kunden, wahrhaft und tief bis in das Mark der Lendenwirbel zu genießen. Am nächsten Tag standen wir, die Verkäufer, im morgenkühlen Parkhaus startklar um die bereitgestellten Autos. Zehn weiße Mittelklassekombis mit dem NOGO-Logo: eine offene schwarze Männerhand, deren Handteller von den Ziffern Null und Eins durchschossen ist. Jeff winkte, und wir stiegen unter letzten Scherzen ein. Starker Verkehr, der herrlich protzige Verkehr unserer Hauptstadt, nahm uns auf in sein großes Schieben, in sein großes Stocken. Es dauerte, bis ich den letzten der Jungen aus dem Rückspiegel verlor. Ich hatte es nicht weit. Mein erster Kunde wohnte, wie der Witz der Praxis es zu fügen wusste, zwei Straßenzüge hinter meiner Schrebergartensiedlung. Es darf nur gute Omen geben. Wer nicht mehr an die Gunst der Zeichen glaubt, ist als Verkäufer klinisch tot und sollte abgeschaltet werden.

Spätabends, als wir nach Abgang der Jungen an der Hotelbar noch ein paar Cognacs tranken, hatte mir Jeff erzählt, wie er den NOGO-Scanner aus dem Meer der unverkäuflich dümpelnden Produkte ans Land seines Verramschbetriebs gezogen hatte. Ein Deutsch-Japaner, ein Devisenhändler, mit dem Jeff schon seit Jahren dasselbe Fitness-Center und denselben Sauna-Club besucht, hatte ihn auf den anstehenden Konkurs einer kleinen Frankfurter Hightech-Firma hingewiesen. Die Eigentümer, hochbegabte Tüftler, hätten im optisch-elektronischen Bereich mit aufwendigen Einzelbauten und ausgefallenen Sonderlösungen zwar jede Menge Lorbeeren gesammelt, gingen nun aber unter der Last der aufgenommenen

Kredite in die Knie. Jeff sagte mir, damals im Dampf der Sauna sei er vor allem durch den Tonfall des Tipps hellhörig geworden. Der Halbjapaner schien beide Seiten der möglichen Geschäftsverbindung, Jeff, den Verramscher, und jene Electronic-Freaks, als Angehörige ähnlich halbseidener Branchen zu belächeln, und diese freundliche Geringschätzung habe ihn schlagartig spitz gemacht. Jeff nahm die Spur auf, ließ sich das unverkäufliche Gerät der trickreichen Erfinder zeigen und fand den Scanner, den er, den Namen seines Sport- und Sauna-Kameraden spielerisch verdrehend, NOGO nannte. Und jetzt war NOGO-Scanner in Berlin, um an den Mann gebracht zu werden. Angeblich war mein erster Kunde ein bekannter Dichter. Ich war gespannt. Ich zog mir die Helle einer letzten Prise Altberliner Mischung vor das Hirn. Ich hatte im Verkauf der Jahre viel, aber noch niemals einen Schriftsteller gesehen.

Ich bade jeden Morgen, ich bade sofort nach dem Aufstehen, ich bade heiß und viel zu lang. An jenem denkwürdigen Tag war ich schon über eine Stunde in der Wanne, ließ immer wieder Wasser nach, und schließlich hieß ich Margot das Handy bringen, um diesem NOGO-Vertreter in letzter Minute doch noch abzusagen. Aber auch dazu fehlte es mir dann an Mut. Ich warf das Handy in den Schaum. Es rutschte über meine Füße auf den Wannengrund. Entsetzlich pünktlich, wie es meine Feinde meistens sind, klingelte der Vertreter an der Tür. Ohne die Hilfe Margots, wenn sie nicht täglich meinem Werk und

Leben mit Rat und Tat zur Seite stünde, wäre ich längst verraten und verkauft. Nur weil ich mich vor ihrer Tüchtigkeit genierte, stemmte ich meinen Leib kurz nach dem Klingeln in die Höhe. Der Schaum hing mir, höhnisch wie eine aufgezwungene Zipfelmütze, von der Eichel. Ich hörte Margot öffnen und kurz darauf die ruhige und sonore, zu meiner Überraschung in keinem Anklang penetrante Stimme des Vertreters. Vielleicht war es doch möglich, ihn eine Viertelstunde zu ertragen. Es gab ja das Gerät, auf das sich meine Augen flüchten konnten. Eventuell würde es Margot auch gelingen, dem Mann und seinem Eifer mit Tee und ihren selbstgebackenen Keksen zumindest zeitweilig den Mund zu stopfen. Ich quälte meine feuchten Füße in die Socken, ich kämmte mich sogar und zählte, um mir selber einen letzten Aufschub abzuschwindeln, die verlorenen Haare aus dem Kamm. Aber die Angst, der sichere Spürhund meines Schaffens, war dieses Mal auf falscher Fährte, denn der gefürchtete Vertreter entpuppte sich als ein berlinerisch charmanter, zum Glück schon älterer Mann.

Zu meiner Überraschung war der Dichter noch nicht alt. Groß, krumm, nicht ausgesprochen fett, aber unglaublich teigig. Was es an Haut zu sehen gab, war rosig, und dieses Rosa hing in weichgefüllten Falten. Er gab mir eine kleine, heiße Hand und roch nach süßlicher Kosmetik. Ich hatte gleich den Eindruck, dass er gut zu führen sein würde. Was ich im Auge behalten musste, auch wenn mir im Verkaufskampf nur ein Augenwinkel dafür blieb, war seine Sekretärin. Der dümmste Staubsaugervertreter weiß, dass unsere wunderbare Zweigeschlechtlichkeit der Königsweg der Übertölpelung ist, dass man jedoch in tolle Bocksprünge, in Quer- und Rückschläge katastrophaler Art geraten kann, wenn man ein Dreieck spannt. Die Sekretärin sah so aus, wie angeblich die reinrassigen Polenweiber aussehen: die Becken- und die Backenknochen hoch und breit. Der Dichter siezte sie, nannte sie aber dauernd Margot und schaffte es, den drögen Namen seltsam flötend auszusprechen. Aus krummer Höhe schielte er so zwiespältig intim auf sie herab, dass mir die Bettgenossenschaft der beiden auf der Hand zu liegen schien. Hochmütig und devot zugleich blieb ihm die Miene stehen, und in berufsbedingter Menschenkenntnis schwante mir schnell, auf welche exquisite Weise es der schiefe Turm wohl mit der Angestellten treiben mochte.

Ich brauchte ein Hilfsgerät; der NOGO-Scanner war mir in höchstem Maß vonnöten. Die Anzeige der Firma hatte Margot in einer von mir geschätzten Kulturzeitschrift entdeckt. Das war ein gutes Omen. Von NOGO-Frankfurt hatte ich mir erste Unterlagen schicken lassen, schließlich, nach langem Lippennagen, einen Vorführtermin vereinbart, den ich, auf eine widerwärtig eindeutige Weise tief erregt, seit Tagen kaum erwarten konnte. Die Zeit war reif für die Maschine. Ich konnte und musste mir NOGO-Scanner leisten. Die Nächte vor dem Termin der Vorführung schlief ich sehr schlecht und träumte schwül und selbstbezogen. Margot hatte wie immer viel Verständnis. Am fraglichen Morgen sprach sie mir noch einmal Mut zu, und ich hatte Glück. Von Anfang an erschien mir der Vertreter als eine Perle seines Fachs. Er nahm das Ganze in die Hand, der Apparat war ihm vertraut wie seine Westentasche, und augenzwinkernd gab er zu verstehen, dass er es wohl zu schätzen wisse, wenn seine Kunden Menschen mit Vorsicht und Skrupeln und Widerständen seien.

Ich habe keinen Schimmer, wie NOGO-Scanner wirklich funktioniert. Jeff hatte uns nur einen Abend lang in die Bedienung eingeführt. Die bloße Handhabung ist kompliziert genug; letztendlich will ich gar nicht wissen, wie dieses Teufelszeug die aufgenommene Handschrift in Ziffernfolgen und in Bildschirmtext verwandelt. Jeff hatte klargestellt, dass es hier in Berlin genug Verrückte gibt, die so etwas zu brauchen meinen. Und da ein jedes Mitglied unserer Zielgruppe sich selbst in negativer Überschätzung für einen Sondernotfall hält, würden sie alle einen irrwitzig überhöhten Preis für den auf den normalen Märkten absolut chancenlosen Ladenhüter zahlen. Zum Glück war der Computer des Dichters günstig figuriert, und seine Sekretärin half mir die Software installieren. Er selbst lief währenddessen in weiten Kreisen um uns und das Gerät herum. Das große Zimmer ließ ihm dazu reichlich Raum. Nach zehn Minuten Fummelei war NOGO-Scanner startbereit. Die Sekretärin legte eine Probeseite auf sein Glas, und ich spürte, wie sie dabei ihr breites Becken, diskret und eindeutig zugleich, an mich, den vor dem Bildschirm Sitzenden, zu pressen wusste.

Margot legte, entscheidungsfreudig, wie sie ist, ein Blatt mit meiner Handschrift auf den Scanner. Die ganzen letzten Jahre habe ich stets mit weichem Bleistift auf schweres, nicht zu glattes Briefpapier geschrieben. Margot kann meine Handschrift halbwegs lesen. Ich selber auch. Allerdings nur, solange das Geschriebene frisch ist. Schon zwei, drei Tage nach der Niederschrift werden mir meine Krakel zunehmend zu Hieroglyphen, und spätestens nach einer Woche starre ich, fast analphabetisch hilflos, auf den eigenen Text. Mit zwei, drei Mausklicks machte der NOGO-Mann das Eingescannte auf dem Bildschirm sichtbar. In Pixeln war meine Schande aufgemalt. Was musste dieser aufrechte Vertreter, der, bodenständig und gelassen, seiner hochtechnischen Beratungstätigkeit wie einem Handwerk nachging, von meiner Arbeit denken! Zum Glück nahm Margot mir den engeren Umgang mit ihm ab.

Mit Margots Hilfe installiert, erwies sich die Software als idiotensicher. Jeff hatte nicht zu viel versprochen. Zügig klickte ich mich durch die Arbeitsschritte des Programms; aber ein NOGO-Profi hätte dennoch bemerkt, wie wenig Erfahrung ich hatte. Margot erfasste schnell, worum es ging. Die Art und Weise, wie NOGO-Scanner das Schrullig-Individuelle als flaue Variante einer großen Regelmäßigkeit entlarvt, schien ihr gefühlsmäßig zu liegen. Nach einer Weile überließ ich ihr die Maus, und zuschauend wurde mir klar, dass sie als Tippse tiefer in der Text- und Bildverarbeitung verwurzelt war als ich, der flüchtige Verkäufer. Allein der Umgang mit den Kunden ist mir eingefleischt. Mein Dichter stand am Fenster und drehte uns den Rücken zu. Ich war mir sicher: Gerade weil er so krampfhaft Abstand hielt, war er rettungslos scharf auf NOGO-Scanner. Noch kochte er im eigenen Saft, aber es konnte jeden Augenblick geschehen, dass es ihn ans Gerät riss. Also sah ich zu ihm hinüber und tätschelte, im Blindgriff und soweit es der Bürostuhl zuließ, Margots Hintern. Alles lief, wie es laufen sollte. Ich überlegte schon, ob es wohl möglich wäre, vor dem Verkaufsfinale noch eine Prise Altberliner Mischung in die Nebenhöhlen hochzujagen.

Mit Margots Hilfe habe ich das Trinken aufgegeben. Ich rauche nur noch dreimal täglich eine Filterzigarette, und mit dem peinigenden, oft kläglich ergebnislosen Hand-an-mich-Legen ist es vorbei, seit Margots leichter Schlaf über mein Lager wacht. Das Einzige, was mich als Tick noch manchmal überkommt, ist das verfluchte Nägelbei-ßen. Ich stand am Fenster, während Margot und der Vertreter unseren PC für NOGO-Scanner präparierten, und nagte mir die Nägel ab. Ich hätte mir die Finger im Nu wie in den schlimmsten Zeiten blutig aufgebissen, wäre ich nicht von Margot hinzugerufen worden. Der NOGO-Vertreter machte mir vor dem Bildschirm Platz. Er schob mir einen dicken Stift zwischen Daumen und Zeigefin-ger meiner Rechten und bat mich, ein paar Probesätze auf ein silbriges Plastikpölsterchen zu schreiben. Es fiel mir leicht! Ich, der ich sonst halbe Tage, die Hände zwischen die Knie geklemmt, vor dem Papier verharre, schrieb flüs-sig und mit zunehmender Lust auf eine Kunststoffunter-lage, auf eine Fläche, die nichts von meinem Stift, nicht einmal eine Rille vom Druck der Spitze, anzunehmen schien. Und alles, was mir unter der Hand erspart blieb, kehrte, im rechten Maß erleuchtet, auf dem Bildschirm wieder. Über die großen Krakel legte sich läuternd die Transkription. Ich schrieb und schrieb, ich schrieb dort-hin. Ich sah verzückt hinüber auf den Fluss der Wörter. Der NOGO-Mann fragte nach der Toilette, Margot wies ihm den Weg und ging selbst in die Küche, um den Tee zu holen.

Die Sekretärin kam mir nach aufs Klo. Sie kratzte an der

verschlossenen Tür, gerade als ich mir das zweite Nasenloch mit Altberliner Mischung vollgepudert hatte. Nicht mal den Rotz wischte ich mir von der Oberlippe; es musste affenfix gehen. Der Schriftsteller war ganz gewiss von gestern. Aber wer noch ein Restgefühl für den Verfall der Zeit besitzt, ist auch zu Misstrauen in der Lage. Der Raum war eben groß genug, dass Margot es mit mir im Liegen machen konnte. Der rote Läufer reichte bequemerweise genau von ihrem Scheitel bis an meine nackten Knie. Ansonsten schützte mich die halb herabgelassene Hose vor den eisigen Bodenfliesen. Ganz unbestreitbar ist es ein Nachteil der Altberliner Mischung, dass sie so kältefühlig macht. Ich spürte Gänsehaut auf meinen Hinterbacken. Der Blutgeschmack im Mund war absolut normal. Die Nasenschleimhaut eines Altberliner Schnupfers ist chronisch gereizt, und etwas Blut läuft immer in den Rachen.

Ich werde dieses Zimmer, das größte Zimmer unserer Altberliner Wohnung, ganz für den NOGO-Scanner räumen lassen. Ein Segen, dass ich das Geld zur Anschaffung des Wunders habe. Ein falscher Hochmut hinderte mich bislang, die Preise, die Tantiemen, alle prosaischen Früchte meiner Arbeit recht zu schätzen. Allein die respektierte Welt wird leicht, und nur geachtet leuchten ihre Dinge. Gewiss wird auch auf Margot die Zukunft nicht mehr so bleiern liegen. Zu lang war ihr zu viel von meinem Handkram aufgeladen. Da kommt sie mit dem Tee und mit Gebäck. Schon hat sich ihr das Neue erregend mitgeteilt, sie geht beschwingt, und ihre Wangen sind auf ganzer Breite stark gerötet. Der biedere Vertreter kommt vom Klo zurück. Auch er wirkt angenehm erfrischt. Bestimmt ahnt er, dass NOGO-Scanner mich im Handumdrehen gewonnen hat. Wir trinken Tee. Margot und der Vertreter sitzen auf der Chaiselongue und essen tüchtig von den Keksen. Ich ziehe mich mit meiner zweiten Tasse wieder an den Arbeitsplatz zurück. Die beiden dulden es gelassen, fachsimpeln noch ein bisschen und sehen die Vertragspapiere durch. Margot bringt mir zwei Blätter an den Rechner. Noch einmal muss ich einen Kugelschreiber in die Rechte nehmen. Skurril, wie aus der Zeit gefallen, kommt mir das kabellose, von NOGO-Scanner isolierte Utensil schon vor. Ich seufze leise und lächele Margot an. Ich kann mein Glück, ich kann das Glück der Kunst kaum fassen.

Ich hatte Schweineglück. Der Blutsturz überraschte mich erst unten, erst im Auto. Ich hatte den Wagen schon gestartet, war aber noch nicht auf die Fahrspur eingefädelt. Die Soße, die mir aus den Nasenlöchern spritzte, versaute mir Krawatte, Hemd, Jackett, sogar die Hose, jedoch blieb durch die Gunst des Zufalls der Sitz des Firmenwagens unbefleckt. Ich schaffte es, die Schweinerei nicht anzufassen, schleckte mir bloß den Blutrotz von den Lippen und rollte im Schritt-Tempo nach Haus. Der Eingang meiner Schrebergartensiedlung lag nur drei Ecken weiter. Vor meiner Laube ließ ich mich, besudelt, wie ich war, auf eine Gartenliege fallen. Ich zog das Döschen aus der Tasche, aber ich schnupfte nicht, sondern rieb mir die gute Altberliner Mischung nur aufs Zahnfleisch und vorsichtig mit spuckenassem kleinem Finger in die wunden Nasenlöcher. Dann holte ich das Telefon ins Freie und füllte Jeff mit Vogelzwitschern in sein Ohr, dass ich den ersten NOGO-Scanner fünfzig Prozent über dem abgesprochenen Richtpreis losgeschlagen hatte. Ich wusste, dass er die jungen Hengste über die ausgegebenen Handys mit dieser frohen Botschaft peitschen würde.

Es war knapp Mittag. Ich stand auf. Die Sonne, inzwischen steil über dem Silbersmog der Stadt, hatte mein Hemd schon fast getrocknet. Ich zog es mir über den Kopf und warf es in den Müll. Nach kurzer Prüfung ließ ich Sakko und Hose folgen. Ich saß noch eine Weile drinnen auf dem Bett, in der gemütlichsten, weil fensterlosen Ecke. Es kam noch zweimal eine Spur von Blut. Aber inzwischen ist meine Nase wieder auf der Höhe. Ich schnüffle in die Laube. Ich rieche meinen Schweiß, ich rieche den Urin vom Trockenklo. Ich fühle mich zu Höherem inspiriert. Ich bin ein Ass. Ich bin ein altes abgewichstes Aas. Ich bin der beste Mann für NOGO-Scanner. Die Vögel schreien. Bei Gott, so lieb ich mein Berlin.

Die Musik
Schopenhauers

Jedes Museum, auch das meinige, birgt ein Geheimnis, und vielleicht sind heutzutage, in boshafter Komik, ausgerechnet die Museen dazu verurteilt, unsere Geheimnisse vor uns zu behüten. Mein Freund Volkmar hat diese Ansicht letzte Nacht emphatisch geäußert. Er, der mit seiner kleinen informationstechnologischen Firma ein Heiden-, um nicht zu sagen ein Schweinegeld verdient, nennt mich einen Günstling des Schicksals, seit ich zum Leiter unseres im letzten Sommer neugeschaffenen Museums berufen worden bin. Zum alleinverantwortlichen Leiter auf Lebenszeit. Solche Arbeitsverträge gibt es noch. Oder besser gesagt: Es gibt sie wieder. Auf Lebenszeit ist mir auch meine kleine Dienstwohnung vertraglich zugesichert. Sie liegt im frischausgebauten Dachgeschoss direkt über dem großen Saal, in dem wir in unserer ersten Ausstellung eine Fülle von bislang unbekannten Autographen des Philosophen zeigen.

Mein Freund Volkmar sieht in der Beschaffenheit meiner Dienstwohnung den Grund für die Schlafstörungen, die mich, seit ich Direktor bin, zunehmend quälen. Volkmar vertritt die Ansicht, das alte Gemäuer, jeder einzelne Ziegelstein, der uralte Mörtel, der innere und der äußere Verputz, sogar das Holz des Fußbodens und der Dachbalken hätten emotionale Informationen aus den zurückliegenden Jahrhunderten gespeichert. Wie eine unhörbare Hintergrundmusik würden solche affektiven Akkumulationen, ständig und in immer neuen Rhythmen, in ein anwesendes Sensorium hineinspielen, und kein Nervensystem halte solch lautlosem Getöne klaglos stand. Seit Monaten drängt mich Volkmar daher, einen Wünschelrutengänger zurate zu ziehen, mit dessen Hilfe er seine ebenfalls stark historisch belasteten Büroräume erfolgreich entstrahlt habe. Noch sträube ich mich, auf das Angebot einzugehen. Nicht weil ich die Wünschelrutengängerei gering schätzte. Was Volkmar, dem ausgewiesenen Software-Genie, recht ist, sollte mir, dem um ein Haar verkrachten Geisteswissenschaftler, billig sein. Ich verachte keinen Aberglauben, auch diesen nicht. Im Gegenteil, mich ängstigt die Vorstellung, das sensible Rütchen des Strahlensuchers könnte in meiner Dienstwohnung durch drei Zwischendecken hindurch bis in die Keller hinabfühlen, dort Schwingung aufnehmen und allzu verständig ausschlagen.

Butzbüttel ist ein wenig bekannter, auch zu Lebzeiten des Philosophen nicht sonderlich renommiert gewesener Vorort Frankfurts. So gesehen ist die Lage des Museums peripher. Aber ich halte das nicht für einen Nachteil. Wir sind am rechten Ort. Hier in Frankfurt hat der Philosoph die längste Zeit seines Lebens in Verkennung und Isolation gelebt. Und hier in unserem Haus, in der Butzbüttler Villa seines Verehrers, Freundes und Gönners Simon Heigel, hat er im privaten Raum genossen, was ihm die Öffentlichkeit bis ins hohe Alter verwehrte: Bewunderung und Begehren. Die Freundschaft zwischen Simon Heigel und dem Philosophen geht auf den ersten mexikanischen Staatsbankrott im Jahre 1847 zurück. Unser Denker, bis dahin stolz, auch im praktischen Leben seinen Mann zu stehen, hatte mit mexikanischen Staatsanleihen spekuliert, und ein Großteil seines Vermögens schien unwiederbringlich verloren. Simon Heigel, Überseekaufmann großen Stils, Eigentümer einer kleinen, aber agilen Privatbank und glühender Verehrer des Philosophen, hatte davon erfahren und bot seine Hilfe an. Der Frankfurter Bankier ließ seine Verbindungen nach Mittel- und Nordamerika spielen. Angeblich gelang es ihm, das Kapital des Philosophen durch komplizierte Transaktionen in einen von den USA garantierten Wiederaufbaufonds einzubringen. Dort musste es zwar für Jahre festliegen, war aber durch den harten Dollar gesichert und warf sogar Zinsen. Heute wissen wir aus der wiederaufgetauchten Geschäftskorrespondenz Simon Heigels, dass der Bankier in Wirklichkeit keinen Pfennig retten konnte, dass jeder Cent, den der große Denker in Übersee sein Eigen nannte, ein perfekt getarntes Geschenk seines Gönners Heigel war.

Ausgerechnet meinem Freund Volkmar, der nie eine Zeile des großen Philosophen gelesen hat, verdanke ich den alles entscheidenden Kontakt zur Familie Heigel. Frau Marilyn Heigel, kinderlos, gut fünfzigjährig und voraussichtlich letzte Trägerin des Namens Heigel, war vor zwei Jahren als Gesellschafterin in die rasant aufwärtsstrebende Software-Firma Volkmars eingestiegen. Frau Heigel hat das von ihrem Vater nach Emigration, Krieg und Heimkehr neugegründete Bankhaus erfolgreich an die Jahrtausendschwelle geführt und investiert ihr beträchtliches Privatvermögen mutig in die neuen Technologien. Volkmar findet die gut zehn Jahre ältere Marilyn Heigel schlichtweg großartig, und seine Beziehung zu der struppig grauhaarigen, ausgesprochen kleinwüchsigen, stark übergewichtigen Bankfrau muss schnell den Rahmen des rein Geschäftlichen übersprungen haben. Bald ging Volkmar als Freund in ihrem Haus, das jetzt mein Museum ist, aus und ein. Und weil ihre Liebschaft von Anfang an eine redselige war, erzählte Volkmar seiner Marilyn auch bald von mir, seinem ältesten Freund, und meiner Leidenschaft für den Philosophen. Dessen Name war Frau Heigel ein Begriff, obwohl sie nichts von seinem Rang als Mann des Geistes wusste. Über Volkmar ließ sie mir ausrichten, dass im Keller der Heigel'schen Villa sieben große Transportkisten stünden. Diese Kisten habe einst ihr Großvater gepackt, um ihren Inhalt aus Nazi-Deutschland zu retten, und ihr Vater habe sie zwölf Jahre später bei seiner Remigration in das vom Bombenregen verschont gebliebene Frankfurter Heim der Familie zurückverfrachten lassen. Ihre Deckel seien in den amerikanischen Jahren und auch danach nie geöffnet worden. Sie, die Erbin, wisse nicht, was sie enthielten, aber auf alle sieben sei groß und deutlich der Name Schopenhauer geschrieben.

Schon wenige Tage später standen wir zu dritt, mit allerlei grobem Werkzeug bewaffnet, im Keller der Heigel'schen Villa. Die massiven Überseekisten trotzten den Öffnungsversuchen, die Volkmar und ich arg ungeschickt unternahmen, sodass sich schließlich Frau Heigel, als wir ermattet nachließen, ein Brecheisen griff und, ohne umständliches Suchen, die rechte Ansatzstelle fand. Die beiden langen Nägel, die sie aus dem Holz zog, jaulten zweistimmig; und das Brett, das sie gehalten hatten, sprang wie erlöst von seiner Spannung in die Höhe. Mit beiden Händen fuhr ich in den Spalt und förderte gleich mit dem ersten Griff einen Packen Briefe und Billetts zutage. Sie waren mit einem rosa Band gebündelt. Ich erkannte die Handschrift des Philosophen, seine überaus markante, nicht leicht zu entziffernde Klaue, ich ahnte den Wert des Fundes, und mich übermannte das euphorische Vorgefühl eines sicheren philologischen Erfolges. Mein Freund Volkmar, der sich gerne von der Aufgeregtheit seiner Nächsten anstecken lässt, drängte mich, sofort etwas von dem Gefundenen vorzulesen. Auch Frau Marilyn Heigel ermutigte mich in der ihr eigenen transatlantischen Gelassenheit, an Ort und Stelle eine Leseprobe zu geben. Also zog ich das oberste Stück, eine Art Briefkarte, aus dem Bündel und trug vor.

In seinen sechs Sätzen enthält der Kurzbrief in nuce all das, was auch die restlichen Schriftstücke des Konvoluts auszeichnet. Sämtliche Briefe des rosagebündelten Packens sind an Rahel Heigel, die Ehefrau Simon Heigels, gerichtet. Mit «Mein göttliches Rätzlein», zuletzt sogar mit «Oh, Du göttliches Ritzlein» schreibt der Philosoph sie an, und auch der weitere Inhalt der Briefe bleibt in keiner Weise hinter diesen Anreden zurück. Es geht nur um das eine. Als ich damals im Keller, im Licht von Volkmars Taschenlampe, mit schamhaft stockender Stimme das erste Billett vorlas, fand Frau Marilyn Heigel in ihrem Amerikanisch ein treffendes Adjektiv für die Drastik der brieflichen Rede. Ich bin in meinem ärmeren Neudeutsch bis heute auf die arg geschwächte Aussagekraft des Fremdworts ‹obszön› angewiesen. Eingeleitet von einem behutsam in die Problematik einführenden Vorwort aus meiner Feder und gefolgt von einem knappen familiengeschichtlichen Abriss Frau Heigels, sollen die Briefe schon im Herbst nächsten Jahres, pünktlich zur Frankfurter Buchmesse, erscheinen.

Mein Freund Volkmar ist Autodidakt und ein wahrer Tausendsassa der Neuen Medien; doch Entwicklungsdruck und wachsende Produktvernetzung haben auch ihn und seine kleine Firma zur Spezialisierung gezwungen. Volkmar sagt von sich selbst, er mache in Pieps und Brumm. Das ist eine gewaltige Untertreibung. Anderseits verweist noch mein eigener mittelalter PC, der, wenn man vom Rauschen der Kühlung absieht, tatsächlich nur piepst und brummt, auf die karge Geräuschwelt, aus der Volkmars Klangkunst ihren Anfang genommen hat. Seine Firma heißt International German Soundmaster. Nur anfangs habe ich mich über die Bandwurmlänge und die innere Widersprüchlichkeit des Namens lustig gemacht. Inzwischen höre ich, wenn ich den Firmennamen flüstere, die kleine, zähe Melodie heraus, die in seinen zehn Silben mitschwingt. Die ganze zurückliegende Nacht habe ich mit Volkmar vor einem brandneuen Computerspiel verbracht, dessen Klangwelt das Werk von International German Soundmaster ist. Zum ersten Mal war ich wirklich bereit, mich hemmungslos auf eines der Spiele einzulassen, die er akustisch ausgestattet hat. Volkmar freute sich riesig über mein Interesse und hat es in aller fachmännischen Unschuld genossen, mich, den Anfänger, eine Nacht lang durch die tosenden und wis-

pernden, durch die brüllenden und durch die raunen-
den Gemächer seines House Of The Monkey zu führen.
Volkmar konnte ja nicht ahnen, was mich verleitet hatte,
auf seinem Arbeitsstuhl Platz zu nehmen und zur Maus
zu greifen. Der Grund meiner fiebrigen Gespanntheit,
die nicht nachließ, bis ich das letzte Zimmer des virtuellen Affenhauses durchsucht hatte, blieb meinem Freund
verborgen. Meine geheime Erwartung wurde enttäuscht.
Das Computerspiel enthält eine Fülle grauenerregender
Klangeffekte, Volkmar hat die Schreie seltener Urwald-
vögel, das Kreischen ausgeleierter Maschinen und die
Rundfunkreden des Nazi-Bonzen Robert Ley gesampelt
und daraus aberwitzige Soundcocktails gemischt. House
of the Monkey mag ein Verkaufsschlager auf dem Markt
für Horrorspiele werden. Ich jedoch schlich im Morgengrauen, entmutigt und mit brennenden Augen, nach
Hause ins Museum. Angezogen ließ ich mich aufs Bett fallen und gab mir selbst die Schuld daran, dass ich keinen
Schlaf fand. Wie hatte ich von Volkmars Maschinen eine
leibhaftige Affenmusik erhoffen können? Wie konnte ich
nur erwarten, dass sich mein drängendes Geheimnis per
Zufall in einem anderen Medium enthüllen würde?
Inzwischen ist die Heigel'sche Sammlung von mir in
einem ersten Durchgang vollständig katalogisiert worden. Ich entschied mich für die denkbar einfachste Form
des Verzeichnisses: Jedes Ding, jedes Einzelstück aus den
Kisten erhielt eine Nummer und eine große Karteikarte,
auf der ich eine erste provisorische Beschreibung des Ge-
genstandes versucht habe. So kann ich inzwischen mit
sicherem Stolz sagen, dass wir knapp Tausend Schriftstücke von der Hand des Philosophen besitzen. Die Spanne

reicht von kleinen Notizzetteln, das Alleralltäglichste betreffend, bis zu umfangreichen philosophischen Manuskripten, deren bloße Existenz und erst recht deren Inhalt die Fachwelt in helle Aufregung versetzen werden. Und wenn wir erst einmal nach und nach den uns zustehenden Rang in der speziellen Forschung und im allgemeinen kulturellen Getriebe errungen haben, wenn wir im Spiel sind, werden wir weitere Trumpfkarten aus dem Ärmel ziehen. So enthält die Kiste Fünf bislang unbekannte Bildwerke: Zeichnungen, Daguerreotypien und Fotografien. Unter den Zeichnungen sticht eine Serie von zwölf großformatigen Bleistiftportraits des alten Goethe hervor. Sie sind signiert, sie stammen von der Hand unseres Philosophen.

Ihm, seinem blutjungen Verehrer, muss der greise Goethe regelrecht Modell gesessen haben. In einem technisch aufwendigen und wahrhaft rücksichtslosen Realismus zeigen die Bilder das von Falten zerfurchte, von großen Warzen und anderen Hautveränderungen entstellte Gesicht eines alten Trunkenboldes. Selbst dem Augenweiß des Dichterfürsten ist keines der verästelten Äderchen erlassen worden. Die Existenz dieser Zeichnungen ist der biographischen Forschung durch einen Brief Goethes an die Mutter des Philosophen bekannt. Stets jedoch galten die Bilder als verloren. Nun liegen sie vor. Der humorigen Bemerkung unseres Nationaldichters, er sei «in umständlicher Gründlichkeit ganz nach meiner notdürftigen Natur» portraitiert worden, werden heutige Betrachter in ehrfürchtigem Erschrecken zustimmen müssen. Aber mehr noch als die hässliche Genauigkeit jedes einzelnen Portraits vermag ein Eindruck nachzuwirken, der sich erst nach und nach durch die ganze Serie mitteilt: Bild für Bild scheint den Weimarer Heroen mehr von seiner Männlichkeit zu verlassen, bis sein Antlitz in der letztdatierten Zeichnung auf eine anstößig falsche und in ihrer Verfehltheit zugleich anrührende Weise verweiblicht erscheint.

Bis jetzt ist mein Freund Volkmar, von mir abgesehen, der Einzige, der die technischen Bildwerke aus Kiste Fünf, die Daguerreotypien und Fotografien, im Einzelnen durchgesehen hat. Frau Marilyn Heigel hat nur einmal ganz zu Anfang, bei unserem ersten Kellergang, einen flüchtigen Blick darauf geworfen. In ihrem sympathischen, weil akzentgefärbten und schöpferisch fehlerhaft gebliebenen Deutsch hat sie den Philosophen angesichts seiner fotografischen Sammlung einen Schmutzmolch genannt. Zwei Drittel der Aufnahmen zeigen ihn selbst. Sie stammen allesamt aus seinen letzten beiden Lebensjahrzehnten. Sitzend oder stehend hat er sich vor den bildmachenden Apparaturen in Positur geworfen; das auf eine scharfe Wiedergabe zielende Stillhalten scheint ihm bis zum Schluss nicht schwergefallen zu sein. Auch auf den allerletzten, schon todesnahen Aufnahmen, die zum Glück auf den Tag genau datiert sind, blicken uns überhelle Greisenaugen aus ungebrochen starrer Miene entgegen. Jedes Mal trägt der Philosoph einen strammsitzenden Rock und einen steilen, steifen Kragen, und nie hat er das Ins-Bild-Kommen der Hände vergessen, die er in schönen Gesten auf dem eigenen Leib ruhen oder eine Feder halten lässt.

Die zweite Kategorie der nachgelassenen Bildwerke hingegen zeigt stets einen nackten Körper. Es handelt sich um eine ältere, stark beleibte Frau. Immer ist sie auf denselben, mit einem Orientteppich bedeckten Diwan hingestreckt. Meist stützt sie den Kopf auf eine Hand; alle Finger sind im dichten, krausen Haupthaar verschwunden. Ernsthaft lächelnd blickt sie in das Objektiv des Bildautomaten, in das Auge der Nachwelt. Ich vermute, dass Frau Marilyn Heigel auch im bescheidenen Licht des Kellers erkannt hat, wer uns hier anschaut. Volkmar findet die Familienähnlichkeit frappant. Mit der ihm eigenen Offenheit sagte mir mein Freund bei einer ersten Durchsicht, nicht nur im Gesicht, sondern auch im Grundbau und in den Formdetails der Statur seien sich die Frauen der Dynastie Heigel über ein gutes Jahrhundert hinweg gleich geblieben.

Ich bin kein Schlafwandler. Und doch ist es eine quasi somnambule Schlaflosigkeit, die mich nachts im Museum treppauf und treppab treibt. Trübselige Überwachheit lässt mich im großen Ausstellungssaal in immer neuen Slalomlinien um die Vitrinen kurven, der Singsang meines Grübelns lullt mich ein, die Kulissen der äußeren Wahrnehmung schwärzen sich vollends. Erst das Klopfen bringt wieder Licht in mein dösiges Dunkel. Erst wenn ich dieses Pochen höre, reißt es mir die Lider, die sich bis auf die schmalstmöglichen Schlitze geschlossen haben, wieder empor. Dann kann ich erkennen, wo ich abermals gelandet bin. Stets sehe ich als Erstes meine Hand. Sie schlägt noch zwei, drei Takte. Durch die Kellerfenster fällt das Licht einer Straßenlaterne. Ich sehe meine Fingerknöchel auf den Deckel von Kiste Sieben pochen. Selbst mir, der ich mich immer für stockunmusikalisch gehalten habe, ist es möglich, eine einfache Melodie nur durch ihren Rhythmus zu simulieren. Volkmar, der gerne und gut singt und der seine ganze Jugend lang bei den Baptisten die Trompete geblasen hat, würde die fragliche Melodie aus meinem Kistenklopfen heraushören, wenn er sie kennen würde. Aber er kennt sie nicht, weil ich den Inhalt von Kiste Sieben sogar vor ihm geheim halte.

Volkmar, mein einziger Freund, hätte verdient, ins Vertrauen gezogen zu werden. Wie offen ist er doch gegen mich. Ungeniert erzählt er von dem, was ihn an Frau Marilyn Heigel, meine Brotgeberin, bindet; bis ins handgreifliche Detail beschreibt er, was die Praxis ihrer Beziehung ist. Drastisch geht es zwischen den beiden zu. Erst gestern Abend durfte ich mit achtungsvollem Entsetzen begutachten, was Frau Marilyn mit seinem linken Ohr angestellt hatte. Er nahm den Verband für mich ab; mit drei Stichen war das Ohrläppchen wieder angenäht worden. Mein Freund erläuterte begeistert, wie es zu diesem Biss gekommen war, und schloss seine Schilderung mit dem schon stereotyp gewordenen Satz: Aus Amerika kehrt die Kunst der Liebe zu uns zurück! Ich antwortete ihm darauf wie immer mit einem Zitat aus den Schriften meines Philosophen, und ich bilde mir etwas darauf ein, dass es jedes Mal eine andere Werkstelle ist, die ich gegen Volkmars erotische Emphase ins Feld führe. Ach, rechthaberisch und ungerecht ist es, wie ich mich dabei mit dem Klang fremder Worte über Volkmar erhebe! Ohne ihn, ohne sein Faible für reife Weiblichkeit und ohne sein Talent, ältere Damen zu becircen, säße ich nicht hier. Volkmar hat Frau Heigel davon überzeugt, dass ausgerechnet ich, stellenlos und nicht mehr ganz jung, wie ich war, der rechte Museumsleiter sei. Ganz wenig Phantasie braucht es, um sich auszumalen, wie und bei welchen Gelegenheiten er das Loblied auf mich am eindringlichsten zu singen vermochte.

Aus Sicherheitsgründen trage ich die Musikkassette ständig bei mir. Sie steckt in einem Brustbeutel, den ich auch nachts nicht abnehme. Dass er untertags mein Hemd unschön ausbeult und der Krawatte einen seltsamen Buckel aufzwingt, muss bis auf weiteres hingenommen werden. Erst letzten Freitag habe ich das Band bespielt, mit einem billigen Mikrophon und dem primitiven Radiorekorder, der mich seit meinen Studententagen von Umzug zu Umzug begleitet, und die Aufnahme ist mir, dem tontechnischen Dilettanten, fast unheimlich gut gelungen. Es muss an der Akustik des Museumskellers liegen, vielleicht an der gewölbeartig gemauerten Kellerdecke des Heigel'schen Hauses. Kiste Sieben sieht auf den ersten Blick genauso aus wie all die anderen Überseekisten, die die Stücke unserer Sammlung so lange bargen. Aber ich habe das Holzungetüm für meine heimlichen Zwecke umgebaut. Jetzt kann man nicht nur den Kistendeckel heben, sondern die ganze Frontseite zu Boden klappen. Damit ist der Inhalt von Kiste Sieben, der einzigartige Automat, schnell und gut zugänglich und kann genauso rasch wieder verborgen werden. Zum Glück war er nicht demontiert. Nur die Antriebseinheit, vier durch eine aufwendige Mechanik synchronisierte Abspannfedern, war vom Spielteil getrennt. Die beiliegenden handschriftlichen Montage- und Wartungshinweise stammen nicht aus der Feder des Philosophen. Wahrscheinlich hat sie der Mechaniker verfasst, der die Maschinerie als Einzelstück gefertigt hat. Den Namen des gewieften Technikus habe ich erst kürzlich in einem der Haushaltsbücher des Philosophen entdeckt. Dort sind zwischen den lächerlichsten Pfennigbeträgen auch drei recht hohe Zahlungen an einen Erlanger Uhrmacher verzeichnet. In der Spalte seines Haushaltsbuches, in die der knauserige Denker den Grund der Ausgabe, das erworbene Produkt oder die in Anspruch genommene Dienstleistung geschrieben hat, ist dreimal nichts weiter als das nackte Wörtchen Musik vermerkt.

Jeder vernünftige Mensch, auch mein Freund Volkmar, würde mir, wenn ich ihn einweihte, sagen, dass meine momentane Schlafhemmung den nervenaufreibenden Nächten des Kistenumbaus und der Inbetriebnahme des Automaten geschuldet sei. Dem widerspricht jedoch, dass mir die Ingangsetzung der Maschine trotz fehlender handwerklicher Praxis und entgegen meinen Befürchtungen recht schnell gelungen ist. Zwei Briefentwürfe des Philosophen, Vorfassungen von Schreiben an den Erlanger Mechanikus, haben mir dabei geholfen. Das zeichnerische Talent des Denkers kommt auf diesen Blättern wunderbar zur Geltung: Ohne dass der Strich abreißt, gehen Text und Skizze bisweilen ineinander über, als reiste der schöpferische Gedanke im Tintenfluss von Medium zu Medium. Man begreift, wie weitgehend die Vorstellungen des alten Mannes von Funktion und Aussehen seiner Maschine waren. Bis ins Detail, bis in den kleinsten Bolzen oder Zapfen, geht das spätere Artefakt aus Blech, Holz und Leder auf die zweidimensionalen Phantasien seines Auftraggebers zurück. Niemand kann nach Kenntnis der Zeichnungen bezweifeln, dass der Automat nahezu vollständig nach den Entwürfen des Philosophen entstanden ist. Fast glaubt man, zumindest glaube ich, wenn ich die Skizzen bis in die Morgenstunden immer aufs Neue studiere, die Musik der Maschine im von der nächtlichen Stille überreizten Ohr zu vernehmen.

Ich habe die Musik meines Philosophen gehört und gesehen. Seit der Endmontage des Automaten habe ich volle viermal, hingekniet vor die aufgeklappte Kiste Sieben, dem gesamten Ablauf des mechanischen Spannwerks beigewohnt. Zuletzt, um die Tonaufzeichnung zu erstellen. Meinem Freund Volkmar, dem einzigen Menschen, dem ich vertraue, muss fürs Erste das Anhören der Kassette genügen. Natürlich hat sich das beim Abspielen der Maschine Geschaute der Audiokassette nicht eingeschrieben, und mein tiefes Misstrauen gegen die zeitgenössischen Reproduktionstechniken wagt darüber hinaus sogar zu behaupten, dass auch ein Videoband nicht festhalten könnte, was die Anschauung der Musik so schwer erträglich macht. Volkmar, der autodidaktische Klangkünstler, den ein US-amerikanisches Fachblatt letzten Sommer zum Master Of Sound kürte, soll mir zunächst einmal sagen, was er vom Getöne des Automaten hält. Ich nenne in aller begrifflichen Ungeschicklichkeit den akustischen Auswurf der Maschine die Janitscharen-Musik. Das ist historisch und musiktheoretisch falsch, denn was es im Keller und nun auch aus meinem Rekorder zu hören gibt, gehorcht eindeutig europäischen Harmoniegesetzen. Allerdings machen die unendlich qualvolle Perpetuierung der Melodie, die minimale Variierung ihrer Tonfolge, einige Gleittoneffekte und wenige, aber raffiniert betonte Dissonanzen einen fast penetrant orientalischen Eindruck. Ich kann mich der falschen

Exotik nicht entziehen und werde vor Volkmar an der Bezeichnung Janitscharen-Musik festhalten. Schließlich sollen auch die grässlichen Janitscharen, die Elite-Truppe des türkischen Sultans, in Wirklichkeit eingeborene Söhne Europas gewesen sein, geraubte Kinder, die nach Verschleppung und Überfremdung als Räuber und Eroberer heimkehrten. Volkmar wird die Musik gefallen. Mir selbst gefällt sie. In den unruhigen Halbschlafphantasien, in denen ich mich nach kurzer bewusstloser Ruhe vor dem schreckhaften Erwachen herumwälze, spiele ich in einer Janitscharen-Kapelle mit, eine kleine, klobig ungeformte Fidel an den Hals gepresst, auf der ich in fanatischer Seligkeit geige, als ging es bei jedem jaulenden Ton um nichts Geringeres als das Gelingen meines Lebens.

Mein Automat ist, im Ruhestand betrachtet, nichts weiter als ein bunter Kasten, auf dem vier gut handhohe Blechfiguren stehen. Die Antriebsmechanik, die Bälge der Luftdruckerzeugung und der Programmspeicher, vier synchronisierte Lochscheiben, sind im Kasten verborgen. Die Klangerzeugung aber – das verblüfft und fasziniert unweigerlich – ist in die Figuren verlegt: Die vier Musikanten, die sich in Viertelkreisen vor dem Betrachter hin- und herbewegen, machen mit ihren blechernen Leibern, mit Blechhand und Blechmund, mechanisch oder pneumatisch, jeden Ton selbst. Aus zwei Glockenspielen und zwei posaunenähnlich gespielten Zugpfeifen steigt die Melodie auf. Dieses Selber-Klingen gibt den Blechgesellen in der ganzen Armut ihres Ruckens und Drehens etwas unerschütterbar Wackeres und anrührend Redliches. Als sie in jener denkwürdigen Nacht nach fast einhundertfünfzigjähriger Pause zum ersten Mal wieder,

hämmernd und pustend, vor menschlichen Trommel-
fellen aufspielten, schossen mir meine Tränen, als wäre
deren Wasser ähnlich lang in hydraulischen Schläuchen
aufgestaut gewesen, in die Augen.

Ich kann meinem Freund Volkmar beweisen, dass das
Musikstück, das die Affen spielen, eine Komposition
meines Philosophen ist. In zahlreichen Variationen ist
sie als Notenhandschrift erhalten und stellt eigentlich
keine Überraschung dar, denn die musikalische Neben-
begabung des großen Denkers ist der Forschung von
jeher bekannt. Viel schwieriger, wahrlich heikel wird
es hingegen werden, wenn ich damit beginne, Volkmar
in das Konvolut der Figurenzeichnungen einzuführen.
Auch bei der bildnerischen Gestaltung der vier Musikanten hat der Philosoph nichts dem Zufall oder der äs-
thetischen Laune des Technikus überlassen. In mehreren
Dutzend säuberlichen Bleistiftzeichnungen sind die vier
Gesellen auf mit Maßlinien versehenem Papier original
groß zu sehen; nur das Gesicht – alle vier Musiker tragen
dasselbe – ist zusätzlich in doppelter Vergrößerung gezeichnet. Diese Physiognomie, das Profil und mehr noch
die Frontansicht der Köpfe sind, seit ich sie kenne, der
unaufhörlich sprudelnde Quell meiner Unruhe und vielleicht auch der Grund jener nicht erinnerten Albträume,
die meine Schlaflosigkeit meidet. Volkmar wird sagen,
dass es sich um nichts weiter als ordinäre Affenvisagen
handle. Musizierende Affen seien, das wisse ich doch
selbst, ein Standardmotiv der orientalisierenden Malerei,
folglich auch in der Musikautomatengeschichte häufig
zu finden. Noch auf den letzten, schon elektromotorge-
triebenen Jahrmarktsorgeln unseres Jahrhunderts, auf

den hybriden Giganten der amerikanischen Firma Wurlitzer, höben Äffchen die Hände, um scheinbar auf die von den Registern gesteuerten Zimbeln und Pauken zu hauen. Volkmar hätte recht. Ich kenne die Figuren, meist sind es stilisierte Schimpansen, durch übergroße Augen und Ohren als junge Tiere gekennzeichnet. Aber was hätten diese putzigen Visagen mit den Gesichtern meiner vier Musikanten gemein. Das sollen Affen sein?, werde ich Volkmar fragen. So soll ein naturwissenschaftlich gebildeter Gelehrter, dessen Privatbibliothek nachweislich Bildwerke mit naturgetreuen Abbildungen aller Primaten besaß, ein Affenantlitz gezeichnet haben? Allein die eigentümliche Behaarung und noch mehr die Gestaltung der zu einer eindeutig humanen Miene gefrorenen Gesichtsfalten verweisen mich, den Kundigen, in eine andere Richtung.

Der Mund der Musikanten verrät alles. Wie soll ich es Volkmar sagen, der trotz beruflicher Raffinesse und geschäftlicher Durchtriebenheit doch ein großer, lebenslustiger Junge geblieben ist? Wie soll ich es Frau Marilyn Heigel beibringen, die als Erbin, als juristische Eigentümerin des Automaten und als Mutter unseres Museums von meiner Entdeckung unmittelbar betroffen ist? Die Schnauze der pseudoäffischen Musiker hat ein eindeutig menschliches Vorbild. Ich kann es als Bilddokument, als Fotografie, vorlegen. Es ist die letzte Aufnahme des Philosophen, ein bislang unbekanntes Brustbild, entstanden vier Tage vor seinem Tode. Von einer Lungenentzündung bereits endgültig geschwächt, hat sich der Greis noch einmal in Rock und Kragen geworfen, hält noch einmal mit fester Miene der langen Belichtungszeit stand. Ach, wie könnte uns das Bild des Todgeweihten rühren, wie wüssten uns seine fiebrig blitzenden Äuglein im Guten zu fesseln, wenn seine Lippen nicht zu diesem schrecklichen Grinsen geschürzt wären! Es ist die pseudoäffische Grimasse seiner Musikanten, die er im letzten Gesicht trägt. Wer den Automaten nicht in natura kennt, wird die vier kleinen Gestalten im Hintergrund der Fotografie für irgendwelchen Nippes halten. Ich erkenne sie, und ich weiß ihre eigentümlich verwischte Unschärfe zu deuten: Dort hinten spielt Schopenhauers Automat, während sein Leib ein letztes Mal für ein Bild stillhält. Auf mich, auf die schwachen Schultern eines Museumsleiters, ist die Einsicht herabgesunken; bleischwer liegt mir das Gesicht auf dem Gemüt. Und nur im guten Traum, das spindelförmige Geiglein am Hals, als fünfter Affe die Janitscharen-Musik Schopenhauers fidelnd, bin ich selbst Teil des musikalischen Automaten und damit unseres Geheimnisses selig enthoben.

Liebe Chefin,

nach vier Jahrzehnten Kampf und Trott, nach über vierzig Jahren Firma, ist es Dir noch einmal gelungen, mich wie einst bei meinem Stolz zu packen. Mir – und damit keinem Deiner Jungen, keinem Deiner immer jünger werdenden Ressortchefs – hast Du das Abschlussgutachten abverlangt. Mir lässt Du in dieser hyperheiklen Angelegenheit das vorletzte Wort. Deinem einzigen Alten legst Du das Neue in die Hand, die zukünftige Hauptsache, an der sich die Milchbärte und Mondgesichter der Abteilung INNOVATION ein halbes Jahr lang die Hirnhäute wund gerieben haben. Das ehrt und erregt. Das kitzelt mich an einer empfindsam gebliebenen Stelle.

Auf Deine unverwechselbare Art bist Du mich um das Gutachten angegangen: energisch und diskret. Diskretion bleibt die Seele, bleibt das universelle Schmiermittel unseres Metiers. Von einem diskreten Händchen hast Du mir Deinen Tonträger mitten auf meine große nackte Schreibtischplatte legen lassen. Schon der Anblick dieser Audiokassette, ihr rar gewordenes Format und ihr verschrammtes Plastik, rührt mein Gemüt. Längst sind wir beide die Letzten im Haus, die das DICTAVOX noch in Gebrauch haben, und ich werde den plumpen Apparat, sein kugelköpfiges Mikro und seine milchig trüb gewordenen

Plexiglaskassetten sicherlich bis an mein Firmenende benutzen. Du bewahrst das biedere Gerät vielleicht nur noch für mich. Ohne Anrede kam Deine Botschaft vom Magnetband, heiser und rauschig, mit viel natürlichem und noch mehr technischem Timbre. Zart und barsch erhielt ich meinen Auftrag. Selten hast Du viele Sätze gebraucht, um Deinen Männern zu sagen, was Sache ist.

Das wird noch einmal an mich denken machen. Ich weiß, dass sie mich für ein Fossil halten. Die Firma nennt mich Deinen KURT. Im Sekretärinnengetuschel, im Korridor- und Kantinengemurmel des Mutterhauses, im telefonischen Zwitscherverkehr mit den Filialen, im kosmischem Klatsch des Konzerns habe ich längst keinen Nachnamen mehr. DOKTOR KURT ist eine Kuriosität aus den Anfangsjahrzehnten des Unternehmens. Man hält mich für Dein persönliches Faktotum und zugleich für eine Art Hoftrottel, für einen, dem Du gerade seiner offensichtlichen Nutzlosigkeit wegen in aller Offenheit ein Gnadenbrot gibst. Ganz jedoch versteht keiner, warum ich den Umzug in die Hauptstadt mitmachen durfte. Keiner kapiert, warum ich wieder ein eigenes Büro bekommen habe. Eine eigene Sekretärin sogar. Wo Du doch die Leibeigenschaft der Sekretärinnen in Deiner Firma längst abgeschafft hast.

Neue Zeiten: Bevor wir mit Sack und Pack in die Hauptstadt umzogen, hast Du die Reihen Deiner Männer abermals gründlich durchforstet. Wir, das älteste kontinentale Unternehmen unserer Branche, haben jetzt das jüngste Führungspersonal Europas. Alle über vierzig, alle Wochenendtrinker, alle Raucher und alle, die ihren Hüftspeck nicht mehr kaschieren konnten, mussten die PCs räumen. Ein Jahr lang blinkte BERLIN MACHT SCHLANK UND RANK als Leucht- und Leitmotto über Deinen Rundbriefen im Inner Net der Firma. Mich nicht. Mir hat die Atmosphäre der brandneuen alten Hauptstadt noch nicht am Fett gefressen. Augenzwinkernd zwickst Du mich zur Begrüßung in meinen Wanst, wenn ich zu Dir hochkomme. Wie eh und je stellst Du mir meinen doppelten Weinbrand neben die Tasse mit grünem Tee − neben das schneeweiße Tässchen, das mir Dein Leibsekretär jedes Mal exakt halbvoll schenkt und das ich jedes Mal unangetastet stehenlasse.

Die Neger sind endgültig passé. Natürlich ist mir das aufgefallen. Blind macht der ASBACH nicht. Dreißig Jahre lang waren Deine Sekretäre ohne Ausnahme schwarz, und immer schwärzer kamen sie mir im Lauf der Jahre vor, als hättest Du in kluger Abwägung mit den noch eher braunen angefangen und Dich langsam durch alle Schokoladensorten des heißtrockenen Kontinents bis zum finstersten Edelbitter vorgearbeitet. Mein Gott, was war Dein letzter Neger schwarz. Selbst mein Rassismus hatte Mühe, sich von solch endgültiger Schwärze noch einen negativen Begriff zu machen. Zuletzt war mir, als gösse mir ein Unsichtbarer Deinen mörderisch gesunden Tee ein. Ohne Magenstütze, ohne deutschen Weinbrand, wäre mir schwarz vor Augen geworden beim Anblick dieses ultimativen Afrikaners; so fand eine Ära ihr Ende. Dein aktueller Sekretär ist ein milchgesichtiger Lette. Wieder hast Du die Zukunft am Schwanz gepackt.

Mir jedoch kam heute Morgen CONNY entgegen. Festgefahren im Stau, in einer dieser bösartig neuen Verstockungen der breiten, alten Straßen, sah ich den Wiedergänger. Im flüssigen Gegenverkehr rollte Conny, so wie er einst für die blutjunge Firma auf Tour gegangen war, an mir vorüber. Alles war ärger als echt. Conny war historisch korrekt lackiert: mausgrau und lindgrün. Die Morgensonne brachte den Chrom seiner Radkappen zum Blitzen, und das Faltschiebedach war einen kecken Spalt weit geöffnet. Mit Bedacht hattest Du Dich für das Camping-Modell als ersten Firmenwagen entschieden. Getarnt als Touristen, als Pärchen auf Kurzurlaub, pendelten wir über ein Jahr lang jedes Wochenende nach Dänemark hinüber. Wir hatten uns einen doppelten Boden in den Kleinbus gebastelt. In dieses Versteck passten fast tausend Magazine. Magere Heftchen waren das damals, schwarzweiß oder in miserablem, blaustichigem Farbdruck. Unter den Fotos stand nur der dänische Text, bestenfalls noch eine Übersetzung in hanebüchenem Englisch. Aber bald hattest Du die nötigen Kontakte hergestellt, und wir bekamen die ersten Magazine mit deutschem Text. Was nun unter den Bildchen stand, hatte ich Satz für Satz erfunden und dabei das dänisch-deutsche Wörterbuch, das eigens auf Firmenrechnung angeschafft worden war, so gut wie nie benutzt. Dein sicheres Gespür für gehemmte Talente hatte mich, den verbummelten Studenten der Tiermedizin, zur Autorschaft berufen. Gut zwei Jahre lang stammte fast jedes Wort auf dem jungen bundesdeutschen Binnenmarkt für pornographische Bückware von mir. Bevor meine Texte nach Kopenhagen in den Druck gingen, hast Du sie stets mit mir durchgesehen. Ich saß Dir vis-à-vis. Ich sah dich den Kopf schütteln, sah, wie Du Dir mit der flachen Hand vor die Stirn schlugst. Aber nie hast Du einen anderen

Wortlaut vorgeschlagen, bloß fehlende Kommata ergänzt und ab und zu ein Wort, allerhöchstens einen Halbsatz gestrichen. Die letzten Schmuggeltouren sind Conny und ich dann allein gefahren. Du hattest schon keine Zeit mehr für unseren kleinen Grenzverkehr. Zum krönenden Abschluss wurde ich vom Bundesgrenzschutz erwischt: Sechshundertneunzig Mark wegen Zollvergehens. Das konnten wir damals schon aus der Portokasse bezahlen, und das Versteckspiel war vorbei. Unserem Conny wurde sein doppelter Boden aus dem Bauch gerissen, und seine mausgrauen Flanken erhielten den neuen orangefarbenen Schriftzug: Deinen sechs Silben langen Namen.

Ganz früh hast Du auf den doppelten Vertrieb gesetzt, auf die heimelige Enge der Spezialläden und auf die weitherzige Anonymität des Versandhandels. Als wir den ersten Prospekt versandfertig machten, habe ich, noch immer Student und Dein Mädchen-für-Alles, jede einzelne Briefmarke mit der Zunge angefeuchtet und einen Bundespräsidenten nach dem anderen mit dem Daumen auf unsere diskreten Kuverts gedrückt. Dabei klagte ich so lange immer aufs Neue, dass das Porto hinausgeschmissenes Geld sei, bis Du mir das Jammermaul mit einem einzigen Satz gestopft hast: Die Post sei ein MEDIUM. Ich schwieg verstockt. Unter einem Medium konnte ich mir nur eine Hellseherin vorstellen, eine von Zukunft und Vergangenheit gleichzeitig gebeutelte Person, der die Stimmen Verstorbener im Ohr spuken. Was hatte das mit den gelben Briefkästen und dem schwarzen Jagdhorn zu tun? Aber die Bundespost, Deine zweite große Mittlerin, gab Dir recht. Auf hundert verschickte Prospekte bekamen wir von Anfang an vier bis fünf Bestellungen. Auch die Zahlungsmoral der Versandkunden war respektabel. Und sie blieben, sie bleiben Dir treu.

Nicht wenige bis heute. Zum letzten Firmenjubiläum habe ich Dir die Daten aller jener Kunden zusammengestellt, die, gleich uns beiden, von Anfang an dabei sind. Schwarz auf weiß konnte ich Dir vorlegen, was das Gedächtnis der Firma von diesen alten Männern zu erzählen vermag. Auf Deinem großen gläsernen Schreibtisch durfte ich mein Material ausbreiten, und zweimal musste Dir Dein Sekretär, ein Ukrainer mit weizenblonder Mähne, frischen Tee kochen. Er sah uns die Firmengeschichte studieren: die wechselnden Namen unserer im Wesentlichen gleichgebliebenen Produkte, die neuen Preise und die Bereitschaft, mehr Geld auszugeben. Oft hast Du den Kopf geschüttelt, aber Dir kein einziges Mal mit der Hand vor die Stirn geschlagen. Selbst als wir auf den HANNOVERANER stießen, der sich in vier Jahrzehnten drei Dutzend Vibratoren bei uns bestellt hatte, ohne Ausnahme jeden Bautyp, den wir im Prospekt hatten, hörte ich von Dir keinen Kommentar, nur Dein Schlürfen am dünnen Rand der Teetasse. Dazu ein scharfes Luftholen, ein quasi negatives Schnauben, eine Eigentümlichkeit, die Dir, mehr noch als Dein schmales Gesicht und Deine murmelrunden braunen Augen, etwas abgöttisch Ziegenhaftes verleiht.

FABIAN hat mich wieder angerufen. Wie immer ohne nennenswerten Vorwand. Er, der jüngste Deiner vier Söhne, hält in rührender Treue an Doktor Kurt fest. In mir, dem Relikt, sieht er eine heimliche Brücke zu Dir, die alle Brücken zu ihren Söhnen abgebrochen hat. Um ihm mehr als nichts zu geben, habe ich Fabian von Deinem neuen Leibsekretär erzählt, von diesem unheimlich bleichen Letten. Fabian meinte, es handle sich gewiss um eine ererbte Pigmentschwäche, eine genetische Laune der Natur, die sich besonders rund um die östliche Ostsee austobe. Mit weißen Häuten kennt er sich aus. Was wäre ein Fetisch-Fotograf ohne den Kontrast der leichenbleichen Leiber zu Lack, Latex und Leder. Dein jüngster Spross fotografiert für die Konkurrenz. Dabei hätte er das Bildchenmachen nicht nötig. Du hast ihn, wie seine drei großen Brüder, korrekt ausbezahlt. Die beiden Ältesten sind dann auch prompt das geworden, was man in unseren jungen Jahren einen Playboy hieß. Ich kann sie nur männliche Kühe nennen, denen man das Geld aus den Hoden milkt. Aber den Zweitjüngsten, den ein knappes Jahr vor Fabian Geborenen, hat es am härtesten getroffen. Ihm hast Du nach zähen Verhandlungen mit seinen Anwälten ein Dutzend Filialen und ein beträchtliches Startkapital überlassen müssen. Seitdem macht er Dir eine klägliche Konkurrenz. Fabian sagt, die Firma seines Bruders sei ein teutonischer Bonsai, ein kleindeutsches Kümmerpflänzchen, verglichen mit dem vitalen Weltbaum der Mutter.

Ich tue, was ich tue, nicht zum ersten Mal. Schon bald hat es Dir gefallen, Deinen Mannsleuten Gutachten abzuverlangen. Ein Fünfer-Team waren wir noch, eine Handvoll verkrachter Akademiker, als Du zum ersten Mal die Parole PROJEKTGUTACHTEN ausgabst. Brav machten wir uns an die Hausaufgaben. Jeder brütete am Wochenende allein über der fraglichen Sache. Jedem hattest Du eines der Objekte zur Anschauung mit nach Hause gegeben. Es war die Zeit der selig kurzen Wochenenden von Samstagmittag bis Sonntagnacht. Ich wohnte noch möbliert. Und als meine Wirtin, eine gestandene Kriegerwitwe, das Corpus Delicti auf meinem Sofa, das doch eigentlich ihr Kanapee geblieben war, liegen sah, schrie sie auf wie ein junges Mädchen. Ich hatte das Ding nur aufgeblasen, um es für die Abfassung meines Gutachtens in voller Größe und Scheußlichkeit vor Augen zu haben. Scheußlich sind die Puppen bis heute. Aber mittlerweile riechen sie besser, und auch dermatologisch ist ihr Gebrauch kein Problem mehr. Was damals auf dem Plüsch meiner Couch lag, war ein allererster Rohling, war haarlos und monochrom, aber gerade in seiner Simplizität schon gültige Inkarnation der kruden Idee. In unseren Wochenendgutachten rieten wir alle Fünf Dir ab, den Artikel ins Programm aufzunehmen. Jeder von uns bekam dieselben 150 DM extra, bar im offenen Kuvert, von Dir in die Hand gedrückt. Schlau kamen wir uns vor. Aber noch am selben Tag hast Du per Fernschreiber in Hongkong die ersten 3000 Puppen fürs anstehende Weihnachtsgeschäft bestellt. Etwas verspätet, an Allerseelen, ging der Katalog hinaus, und am zweiten Advent war der neue Artikel bereits ausverkauft.

Nichts ist umsonst. Und inzwischen ahne ich, wie Du mit unserem Ratschlag verfährst. Händeringend habe ich Dir damals, vor fast genau dreißig Jahren, davon abgeraten, Dich quasi nackt für Deutschlands größte Illustrierte fotografieren zu lassen. Es war eine aufgeblasene Zeit. Jedem Hans, jedem Hanswurst wollte man damals weismachen, dass er ohne symbolischen Beistand, dass er ohne unsere Hilfsmittel auf seinem persönlichen Trampelpfad zu Lust und Glück finden könne. Es war die sexuelle Fastnacht unserer Republik, und Du hattest begriffen, dass auch die Firma ein närrisches Kostüm brauchte. Also hast Du Deine Ziegenhaut gezeigt. In einem harten, unverschämt schroffen Schwarzweiß. Aus über hundert Abzügen hast Du das Foto ausgewählt und seinen oberen und seinen linken Rand eigenhändig beschnitten. Aber retuschiert wurde nichts. Man sieht Dich bäuchlings auf eine Massage-Liege hingestreckt, den Kopf Richtung Kamera gehoben. Dein damaliger Leibsekretär, ein noch nicht allzu dunkler Südafrikaner, hat seine Hände auf Deine nackten Schultern gelegt. Du hast nur ein Handtuch um die Hüften. Ihn hast Du ein Fellhöschen anziehen lassen, dessen Leopardenmuster sich auch in Schwarzweiß von selbst versteht. Sein Handauflegen mussten wir elend lange üben, er hatte die allergrößten Probleme mit der einfachen Pose. Aber der Fotograf, den Du ausgewählt hattest, erwischte dann doch den rechten Moment. Er hat als Magazin-Fotograf bei uns angefangen und stieg auf die Filmkamera um, als es nach den mageren Super-8-Jahren endlich mit dem Video-Geschäft losging. Unter vier verschiedenen Namen wurde er Dein bestes Auge bei den bewegten Bildern. Er ist diesen Winter während einer Drehpause direkt am Set gestorben. Das muss ich, nicht frei von Missgunst, einen schönen Tod nennen. Du hast den wirklichen Namen und alle drei Pseudonyme des verdienten Mannes in den schwarzen OBELISKEN eingravieren lassen. Der Firmen-Gedenkstein ist mit uns in die Hauptstadt umgezogen und steht jetzt, exponiert wie nie zuvor, im Licht der neuen Eingangshalle. Nur wer in Deinen Diensten stirbt, hat ein Anrecht auf Eintrag seines Namens. Wer zu einer anderen Firma geht oder gar in

Rente, gilt uns auf Dein Geheiß als namenlos vergangen. Die Eröffnung Deines Museums wurde von den Medien unserer Möchte-Gern-Metropole in provinzieller Manier als Werbegag missverstanden. Dabei hast Du dieser Institution in entschiedener Unbescheidenheit Deinen Namen gegeben. Für den Konzern war die Museumsgründung ein erstes hauptstädtisches Gesichtszucken, ein Vorspiel für die kommenden kapitalen Grimassen. DER SENATOR FÜR FAMILIE, FRAUEN UND GESUNDHEIT kontaktierte mich bereits im Vorfeld über seinen Referenten. Hilflos, wie er war, roch er zumindest den Braten. Der Referent bat mich, Deinen Doktor Kurt, um einen Gesprächstermin. Bei einem Arbeitsabendessen nutzte ich die Gunst der Stunde und flößte dem Bürschchen genügend Asbach und ein paar Tropfen des rechten Geistes ein. Auf meinen Ratschlag hin betonte der Senator dann in seinem Grußwort die versöhnende Kraft der Sexualgeschichte. Damit war die nächstliegende Dummheit getroffen. Unser Versuch, einen ehemaligen Bundespräsidenten für das Durchschneiden des schwarzrotgoldenen Eröffnungsbandes zu gewinnen, scheiterte knapp; im letzten Augenblick setzte eine Virus-Grippe den eigentlich rüstigen und durchaus willigen alten Knaben schachmatt. Aber wir hatten Glück im Unglück. Spontan sprang Deutschlands einziger großer Quizmaster ein, ein Urgestein des öffentlich-rechtlichen Fernsehens, und er machte seine Sache tadellos. Die einzelnen Versprecher, die unfreiwilligen Päuschen und Wiederholungen der Rede wirkten bei ihm nur noch charmant, und die Summe der kleinen Ausfälle kulminierte zu großer emotionaler Wirkung. Zuletzt hat er Dich im brausenden Beifall der

Ehrengäste auf beide Wangen geküsst. Ich stand dabei. Dein Kurt sah das matte Violett seiner Lippen vor der Muschel Deines Ohrs. Sogar die Zungenspitze des alten Medienmagiers zuckte vor und berührte das weiße Haarzipfelchen, mit dem Deine Frisur die Ohrmuschel gegen den Anstieg der Wange abgrenzt.

Vielleicht bin ich feig. Ängstlich bin ich immer gewesen, und einen guten Veterinärmediziner hätte ich beim besten Willen nicht abgegeben. Die Kleintierpraxis oder die tägliche Fleischbeschau in den schnell größer werdenden Nachkriegsschlachthöfen blieb mir in Deinem Windschatten erspart. Nur auf Deinen ausdrücklichen Befehl habe ich nach zwanzig Semestern während eines bezahlten Sonderurlaubs die noch fehlenden tierärztlichen Examen abgelegt, und so trägt dein Kurt seinen Doktor zu Recht. Aber immer, gerade im schärfsten Sog Deiner Geschäfte, spürte ich meine Zaghaftigkeit, meine Neigung, von allem Neuen abzuraten. Auch jetzt. Vielleicht habe ich diesen langen Anlauf nur genommen, um den Absprung zu verweigern, um mich letzten Endes für das Nichtstun auszusprechen: Soll doch alles bleiben, wie es in über vierzig Jahren geworden ist. Es scheint doch gut. Aber wenn ich nun auf die Pausentaste drücken und mich mit einem lauen Lieber-Nicht aus dem Gutachten stehlen würde, dann hätte ich mich auch vor Dir, in unserem Zwielicht, im Dämmer des Diktavox, in endgültiger Einsilbigkeit zum Kurt degradiert.

Die Sache, um die es geht, ist nicht neu. Seit der Wiedervereinigung, seitdem unsere östliche Flanke porös und durchlässig für vieles geworden ist, hängt das Projekt OSTFLEISCH wie ein verführerischer Geruch in der Luft.

Niemand in der Firma kann sich rühmen, das Vorhaben erfunden zu haben, nicht einmal seine Bezeichnung geht auf einen unserer findigen Köpfe zurück. Alle wussten von Anbeginn an, dass das Projekt Ostfleisch heißt, aber es ist absolut verpönt, diesen Namen auszusprechen oder ihn gar mit den dazu nötigen zehn Anschlägen in die Tastatur eines Firmen-PCs zu klappern. Und selbst jetzt, im Schutzraum Deines Ohrs, scheue ich mich, mich und den Namen der Sache in den Bogen eines Satzes zu spannen. Den Ruch des Neuen nahm ich auf, als ich unsere Filiale in GÖRLITZ besuchte. Es gefällt Dir, mich incognito in die neuen Bundesländer zu schicken. Ich komme mir dabei jedes Mal vor wie ein Thermometer, eingeführt in eine peinliche, aber gerade wegen ihrer Peinlichkeit exakte Data versprechende Öffnung.

Das Geschäft der Görlitzer Filiale war famos angelaufen. Das Leitungsteam, drei in Berlin blitzgeschulte Görlitzer, wusste das einheimische Volk zu nehmen. Unsere Filiale liegt in der Nähe des Bahnhofs. Ich kam mit dem Mittagszug an und mischte mich gleich unter die Kundschaft. Am frühen Nachmittag war der Laden gerammelt voll. Ich ließ mich bei der Wäsche, bei den Hilfsmitteln und bei den Videos beraten und stellte mich schließlich mit einem Dreierpack Kassetten an eine der zügig vorruckenden Kassenschlangen. Ich muss einen glaubwürdigen Görlitzer abgegeben haben; denn noch halb im Geschäft, in der zugigen Mischluft der Automatiktür, wurde ich von einem der Schlepper angesprochen. Du weißt, wie gerne ich mich gehen lasse. Wie gern ich mitgehe, wenn ein starker Schritt mir den Weg weist. Der Schlepper führte mich einen Hausaufgang weiter und dort hinauf in die erste Etage. Ich sah, wie man ihn mit einem Zwanzigmarkschein für das Hinauflotsen meines Leibes entlohnte.

Seit meiner Rückkehr aus Görlitz, seit meinem mündlichen Rapport, spätestens seit dem Bericht unseres Firmensicherheitsdienstes über die Görlizer Lage hängt der Geruch von Ostfleisch schärfer als je zuvor in der Luft. Und wir, Deine Männer, wissen nicht, ob wir dem überwürzigen Duft des Bratens nachhängen dürfen oder ob es uns besser anstünde, von Ekel geschüttelt zu werden, wenn Dein Blick auf uns Ostfleisch-Schnüffler fällt. Jeder begreift, die Firma darf nicht in dieser Scheu befangen bleiben. Die Abteilung INNOVATION hat unter enormem Druck drei Aktiv-Szenarios ausgearbeitet. Erste Variante: Vorsichtige Kooperation mit seriösen regionalen Anbietern von Ostfleisch zur Verbesserung der Datenlage. Zweite Variante: Gründung eines eigenen Dienstleistungsunternehmens im Stil einer Aupair- oder Partnerteilzeitvermittlung. Das hieße, kontrollierte Praxis in engem, aber bereits selbstgestaltetem Rahmen. Oder dritte Möglichkeit: Volles Bekenntnis zu Ostfleisch durch Gründung einer eigenen Hauptabteilung und schnelle Vernetzung der neuen Abteilung mit allen potenten Bereichen der Firma. Damit wäre eine neue Front im vollen Sinne des Wortes geschaffen.

Ausgerechnet in Görlitz, in diesem mausgrauen Winkel, ist uns ein Tor aufgegangen. Noch ist Dein Kurt Zeitgenosse genug, um sich vor dem zähnefletschenden Grinsen der Gegenwart zu entsetzen. Der Schlepper, der mich an der Tür unserer Filiale abgefangen hatte, übergab mich einer blutjungen Frau mit dicken, steif abstehenden

blonden Zöpfen. Die MAID – ich muss sie jetzt so nennen
– führte mich in das Innere des Etablissements. Es handelt sich um große Altbauräume. Zwei Wohnungen, die
in Nachbarhäusern auf gleicher Höhe liegen, sind durch
einen Durchbruch verbunden worden. Einen solchen
Durchgang in Brandmauern zu schlagen ist feuerschutz-
polizeilich verboten, aber die Betreiber des Ostfleisch-
Etablissements, zwei deutschstämmige Aussiedler aus Ka-
sachstan, haben sich, in sicherem Gefühl für die deutsche
Bürokratie, erst gar nicht nach dem Erlaubten erkundigt.
Meine Maid hatte mir schon am Eingang mein Tütchen
abgenommen und einen Blick auf die erworbenen Video-
Kassetten geworfen. Sie musste mich für einen ganz normalen Kunden unserer Filiale halten, für einen, der kauft,
wonach ihm der Sinn steht; dabei hatte ich blindlings in
eine der Wühlkisten gegriffen.
Ich folgte den blonden Zöpfen in die zweite Wohnung
hinüber. Rechts und links des Flurs waren in kurzem
Abstand Türen mit goldenen Nummern. Ich bekam
Kabine Nummer 11. Meine Führerin half mir aus dem
Mantel, und ich fiel, ermattet von allem, in einen schon
in die Schräge gekippten Fernsehsessel. Sie verließ die
schmale Kammer mit der tröstlichen Bemerkung, FRAU
OLGA komme gleich. Ich schloss die Augen, wurde aber
bald vom plötzlichen Losplärren des Fernsehtons aus der
Dumpfheit meines Dösens gerissen. Der Apparat hing an
Ketten von der niedrigen Decke der Kammer. Offensicht-
lich wurde ihm eine meiner Kassetten zugespielt. In die
Lehne meines Sessels war eine Fernbedienung integriert,
und es gelang mir, den Ton leiser zu stellen. Ich versuchte die Augen geschlossen zu halten, aber sie blinzel-

ten doch immer wieder hinauf zum Video meiner Wahl. Dann erschien Frau Olga. Sie kam durch eine Tapetentür, deren Existenz ich nicht bemerkt hatte. Sie sprach mich mit BIST DU DAS FRECHE JUNGE an. Und als ich nicht darauf reagierte, ging sie zu einem schärferen DU BÖSE BUBE MUSST HÖREN AUF DEIN MAMA über. Frau Olga war dem Video gemäß kostümiert. Ein großes Einkaufsnetz, geflochten aus orangefarbenen Plastikbändern, verwahrte diverse, zu ihrem Kostüm passende Utensilien: große hölzerne Kochlöffel, eine schlanke Gardinenschiene aus Messingrohr und diverse Gürtel. Eins dieser Hilfsmittel ging mir sofort zu Herzen, so nachhaltig, dass ich es hiermit auch für unser Versandsortiment vorschlage: ein zierlicher Teppichklopfer aus Weidenrohr. Auf dem Leder seines Griffes waren ein mattgoldener Sowjetstern und die verwetzten Reste kyrillischer Buchstaben zu erkennen.

So bin ich alt. Du wärst, wenn das Numerische für Dich in gleicher Weise gälte, noch ein Jährchen älter als ich. Aber es ist unvorstellbar, dass Dein Leib vor Deiner Firma, die längst ein Konzern ist, zu Ende gehen könnte. Dreimal hast Du den Krebs besiegt, zuletzt im Expansionsrausch der Wende. Während Deine Pioniere in Tag- und Nachtarbeit drei Dutzend neue Filialen aus dem Boden stampften, während Millionen neuer Versandkunden befriedigt werden mussten, hast Du das bösartige Wuchern eines Gebärmuttertumors mit einer von Dir selbst konzipierten MISTELTHERAPIE zum Stillstand gebracht. Was könnte ich dagegen halten, ich, der feige Feind meiner unter dem täglichen Asbach ächzenden Leber. Frau Olga füllte mir, meine Sufflust in gebrochenem Deutsch tadelnd, den Weinbrand in einen bunt bedruckten Kinderbecher. Die Videokämmerchen sind mit Minibars ausgestattet. Der Asbach war auf dem Kassenzettel, den mir die blonde Maid später am Ausgang überreichte, mit 20 DM berechnet. Das muss ich preiswert nennen. Der Kabinen-Grundservice wird nach einem einleuchtenden Zeittakt kalkuliert: Sehr kurz ist relativ teuer. Mittlere Dauer kommt günstig. Wer sehr lange braucht, bezahlt progressiv mehr. Aber diese Benachteiligung der Alten wird sich ändern, wenn erst genug Raum da sein wird, um Ostfleisch in seiner ganzen verschwenderischen Fülle zu offerieren. Ich, der ich eine Kassette lang geblieben war, bezahlte 270 DM und gab den blonden Zöpfen dreißig Mark Trinkgeld.

Ach, Chefin, liebend gern sagte ich JA in dieser Sache. Ja, wenn ich dem Fleisch nur mehr vertrauen könnte. Frau Olga war eine herzensgute Frau. Ihre wolgagrauen Augen sahen mich an, als ließe sich alles, nicht nur die chronische Schwellung meiner Leber, ohne Mühe aus meiner Miene lesen. Zwischen zwei Hieben bat ich sie, mich Doktor Kurt zu nennen. Ich forderte sie auf, mir zu drohen, sie schlage mich windelweich, ich verlangte den Satz, sie klopfe mich mürbe wie ein Wiener Schnitzel. Frau Olga verstand die Redewendung offensichtlich nicht und verballhornte den korrekten Wortlaut erheblich. Aber was heißt hier korrekt. Wenn einem das mütterliche Idiom noch einmal so kräftig entgegenschallt, sollte man sich nicht um die Richtigkeit der Endungen scheren. Hier fließt ein mächtiger Strom, und was könnte uns hindern, den Osten zur Ader zu lassen. Sollen unsere Jünglinge, diese blutarmen Bleichgesichter, sollen

diese Internet-Gespenster doch geringschätzig schnauben, wenn es nach Ostfleisch riecht, insgeheim wittern
auch sie die Chance: Hier ließe sich endlich der Schein
der Sache mit ihrem Leib käuflich vereinigen.

Heiser bin ich über meinem Gutachten geworden. Hei-
serer, als es der Asbach allein vermag. Es war richtig,
den Text in das Diktavox zu sprechen. Im Hals muss ich
fühlen, wie die Stimme am Fleisch hängt, an seinem und
ihrem halbseidenen Faden. Per Magnetband, durch Dein
vorläufig letztes großes Medium, rate ich Dir ab. Ich dik-
tiere mir hiermit ein NEIN. Tollkühn, quasi todesmutig
spricht sich Dein Kurt gegen den Osten aus. Liebste Chefin, Du Glückliche, lass dieses Fleisch an uns vorübergehen.

Gugu

Ich bin DAS WÖLFFLI, und der Kunst gehören all unsere
zukünftigen Tage. Ich feiere meine erste große Vernissage
und bin geheimnisvoll verborgen und präsent zugleich.
So soll es sein, so soll die Zukunft sein: so platterdings
geheim. Die lieben Eröffnungsgäste warten und warten,
dass ich mit einem Sektkelch vor sie trete, und ahnen
klamm, ich sitze bereits als ein Gespenst auf allen Schultern. Unheimlich wächst Des Wölfflis Künstlerei, und
hier, im exklusiven Dämmerschein der Galerie, dürfen es
meine Gäste bis in die Knochen spüren. Das ist kein Bild.
So ist es wirklich: bis in das Knochenmark hinein.

Die GALERIE FÜR NICHTS benutzt ein Kriegsgebäude,
den flachen Vorbau eines großen Bunkers. Noch wird uns
für das Hauptbauwerk aus irgendeiner Pietät das Nut-
zungsrecht versagt, aber die Kunst erkundet schon die
obsolet gewordene Grenze. Brüchig und feingeschich-
tet ist der Rost auf den zwei breiten Eisentüren, die an
der Rückwand unseres größten Raumes den Eingang in
das Bunkerinnere verheißen, ein Blätterteig, von fünf
Jahrzehnten Feuchtigkeit gebacken. Auch heute Abend
legen nicht wenige der Galeriebesucher die Nasenspitze
an einen Türspalt, um die ausströmende Bunkerluft zu

schnüffeln. Sie ist so frisch und kühl, als käme sie aus einem unterirdischen Hain. Das Wölffli schwört: Wir werden, noch bevor dieses Jahrhundert und mit ihm ein Jahrtausend endet, die Galerie Für Nichts hinein in die verschlossenen Gewölbe wachsen lassen.

Frau Schmidt, DIE KOMMANDANTIN, peitschte die Galerie in nur sechs Jahren an die Spitze aller kommerziellen Ausstellungsstätten unserer Hauptstadt. Die Kommandantin sagt: Die Künstlerei geht täglich über ihre eigene Leiche. Auch heute, auf meiner Vernissage, trägt sie wie immer grünen Lodenrock und grüne Lodenjacke. Die grauen Haare fallen offen auf den speckig abgewetzten Kragen. Allein ihr Schuhwerk ist schon wieder neu: In grellorangen Lackstiefeletten stapft sie von Gast zu Gast, und über ihrem linken Absatz dreht sich, am Stiefelschaft mit einem Riemen festgeschnallt, ein großer Silbersporn. Ich sehe jetzt, wie sie sich am Buffet ein halbes Dutzend Hackepeter-Brötchen auf einen Kaffeetassenunterteller stapelt. Seit sie mich kennt, nennt sie mich nur Das Wölffli, ganz selten sagt sie auch Du Kleiner und kneift mich dann in beide Wangen, so fest, dass man die roten Flecken noch Stunden später sehen kann. Ich sieze sie und rede sie wie alle ihre Künstler nur mit Frau Kommandantin an. Unsere Verträge unterschreibt sie mit Sibylle Schmidt. Sie ist die Ziehmutter, nach deren Lodensaum die unberühmten jungen Künstler grabschen. Ein Glück, dass ich den ganzen Abend lang die aktuellen Aspiranten, die Konkurrenz, von oben übersehen und durchstrahlen kann.

Die Bauten meiner Ausstellung, die festen Holzskelette und die subtilere Mechanik meiner berühmten Gummigucker, hat mir der KUMPEL LORCH präzis nach meinem Künstlerplan gebastelt. Lorch ist ein Tüftler und ein Fummler, das Überlegen geht ihm durch die Fingerspitzen, und er baut Dem Wölffli auch die größten Sachen gegen bescheidenes Geld. Für die heutige Ausstellung hat er sein Meisterstück vollbracht: Des Wölfflis ersten Panorama-Gucker! Ich habe diesen größten aller Gummigucker so konzipiert, dass fünf Freunde der Kunst zugleich das Innenbild genießen können. Gestern kroch Kumpel Lorch den ganzen Tag durch das gut kioskgroße Ding, nur um die Elektronik, die Beleuchtung und das, was sich bewegen soll, mit seinen großen Händen zu verdrahten. Jetzt funktioniert es wie am Schnürchen. Ich sehe meine Gäste vor den fünf Treppchen des Panorama-Guckers Schlange stehen. Nirgends kann ich jedoch, obwohl mein Hochversteck die beste Aussicht bietet, den Kumpel Lorch entdecken. Noch heute Morgen hat er mir beim Saubermachen fest versprochen, dass er pünktlich und nüchtern auf der Vernissage erscheint. Das Wölffli will sich auf seine Zuarbeiter absolut verlassen können. Der Schlendrian der Subalternen ist Gift für jeden hochfliegenden Plan; die kleinen Pannen sind es oft, die eine scharfgeplante Künstlerei in Peinlichkeit zerschellen lassen.

Ein gutes Omen aber bleibt, dass der MAMMAONKEL ULF zur Vernissage gekommen ist. Wieder wandert sein grauhaariger Kopf dicht unter mir durch den Kegel der Strahlen. Der Mammaonkel spürt Des Wölfflis Treiben und bleibt im Bannkreis meines Ausgucks. Vielleicht sind es die Spitzen seines dünnen Altmännerhaars, die ihn sensorisch leiten. Vielleicht ist meinem Onkel auch ein inneres Organ, die Zirbeldrüse oder seine Nebennieren, im streng geheimen Dienst der letzten Arbeitsjahre so mutiert, dass er von dessen hormonellem Ausstoß ins Strahlungsfeld gelenkt wird und gar nicht anders kann, als immer wieder unter mir hindurchzulaufen. Der Mammaonkel war ein hohes Tier unserer Armee, geheim war alles, was er machte. Und noch geheimer als geheim war seine letzte Arbeit. Die Wölffli-Mama fällt noch heute in ein Flüstern, wenn sie vom einstigen Tun des älteren Bruders spricht. Dies schönschlimme Geheimnis gleicht bei weitem aus, dass Onkel Ulf in seinem letzten Dienstjahrzehnt nicht General geworden ist. Man hat ihn ehrenvoll aus dem Geheimnis abgeschoben. Wieder passiert er festen Schritts die Sphäre unter mir und ahnt nicht, wie ihm sein Gespür den Hochsitz Des Wölffli und noch mehr verraten könnte.

Der Bunker gehörte einst zum ÜBUNGSHORST OST, einem schon immer zu tief in der Stadt gelegenen Kleinflughafen. Die beiden Schießschartenfenster unserer Vorhalle schauen hinaus auf eine schmale Rollbahn. Heute Abend dient nur ihr vorderer Streifen den Gästen unserer Vernissage als Parkplatz; jedoch schon diesen Sommer will die Kommandantin die ganze Rollbahn für ein großes Kunstfest nutzen. Noch sträubt sich irgendein Verwaltungshengst in einer weit in Westdeutschland gelegenen Behörde gegen den Plan, aber die Kommandantin weiß, wie sich so einem Feuer unterm Bürostuhl machen lässt. Mir hat sie gestern fest versprochen, dass das Fest unter der künstlerischen Leitung Des Wölffli stehen wird. Voll Vorfreude bin ich zwei Stunden auf Händen und Knien kreuz und quer über die Freifläche gekrochen. Das, was hier alles war, hat den Beton unglaublich zart und gleichmäßig zerfressen. Nicht ein historisches Rollbahnloch ist tief genug, um meine kleine Künstlerfaust in sich zu bergen; allerdings findet sich auch nirgends in der Bahn eine nur handtellergroße Fläche, die ohne Schramme wäre. Die Augen Des Wölffli lasen die Chronik einer langen, schweren, doch letzten Endes seltsam vag bleibenden Hautkrankheit. Nichts Jähes hatte sich auf Dauer ausgedrückt, kein tiefer Riss, geschweige denn ein Bombentrichter. Die großen Platten liegen in der Waagerechten, als zöge sie der Eisenkern der Welt genau in diese Position; und immer geht genau am Ende des Betons unsere liebe Sonne auf. Das Allerschönste aber ist der Fugengummi. Zwischen den Rollbahnplatten liegt kein Teer, sondern ein bautechnischer Weichplast. Der Kunstkautschuk, entwickelt aus einem Abfallstoff der Braunkohleverschwelung, wäre das ideale Material für jeden Bildner in der Kunst, leider jedoch gilt das genaue Produktionsverfahren als endgültig verschollen. Nach über sechzig Jahren unter freiem Himmel, nach tausendundeinem Flugzeugstart ist dieser Gummi weiterhin elastisch. Er bröckelt nicht, zeigt nur haarfeine Risse, und als Das Wölffli eine Probe davon nehmen wollte, brach mir die Messerklinge, die ich in den Kunststoff bohrte, ab. Jetzt habe ich das halbe Messer als Talisman vor mir auf meinem kleinen Schaltpult liegen.

Das Schaltpult, die beiden Rechner Marke ROBOTRON, den Monitor, die ganze Elektronik meines verborgenen Hochsitzes hat mir ein Saufkumpan von Lorch verkabelt. Lorch legt die dickfingrige Hand für ihn ins Feuer. Er sagt, auf Trinker wie den Elektroniker sei unbedingt Verlass. Der Mann habe bei Robotron trotz schwersten Suffs noch die Entwicklung des ersten und letzten Individualrechners geleitet und dann nach kurzer Arbeitslosigkeit in der Entsorgung von militärtechnischem Müll ein schönes neues Arbeitsfeld gefunden. Das Wölffli glaubt dem Lorch: Der Elektroniker wird mir und meiner Künstlerei bestimmt keine Probleme machen. Er hat sich viel zu arg gefreut, das ganze urtümliche Zeug für einen neuen Zweck zurechtbauen zu dürfen. Als wir zum ersten Mal die Bleikiste aufklappten und er den Kobaltstrahler in der Holzwolle liegen sah, hat er den russischen Namen des Geräts ehrfürchtig vor sich hin geflüstert. Und wie nach langer, rückschlagreicher Fummelei endlich das erste scharfe Bild vom Rechner auf den Bildschirm kam, küsste er seine Fingerspitzen. Sehr schwierig wurde es noch einmal, als wir daran gingen, die beiden altdeutschen Rechner an meinen Laser-Drucker anzuschließen. Lorch fuhr drei Tage mit dem Elektroniker herum, bis sie die Bauteile für einen Modulator beieinander hatten. Aber zu guter Letzt kam unser Röntgenstandbild korrekt verrechnet an das japanische Gerät, und schon stand nichts mehr Wölfflis Kunst im Wege. Ich drucke schon seit Vernissagebeginn, immer in DIN-A1 auf dünnen goldenen Karton. Und eins der Bilder wird Dem Wölffli schöner als das andere.

Das erste GUGU bauten wir noch in Lorchs Garage aus dem, was dort herumlag, vor allem aus der Unmenge von Gummiresten, die Lorch beim Entrümpeln einer Vulkanisierwerkstätte mitgenommen hatte. Wir waren beide Studenten der Kunstgeschichte. Der Lorch war es schon lang und ist es noch und wird es vielleicht immer bleiben. Ich bin nur kurz Student gewesen, weil ich unseren ersten Gummigucker, kaum dass er fertig war, zur Kommandantin schaffte. Dem Kumpel Lorch, der schrecklich pingelig in solchen Sachen ist, habe ich nichts davon gesagt. Ich mietete einen Lieferwagen, dazu zwei ungetüme Sportstudenten aus der Jobvermittlung; so groß und schwer war uns das erste Gugu schon geraten. Gerade noch, mit Quietschen und mit Schrammen, schaffte es unser Kunstwerk durch die Tür der Galerie Für Nichts. Die Kommandantin war gleich auf den ersten Blick tief im Gemüt beeindruckt: So viel Gummi! Sie holte sich einen Hocker und presste ihr Gesicht gegen den maulförmigen Stutzen, den Lorch mit viel Geschick und Kleber aus einer Taucherbrille und Teilen einer Gasmaske gebastelt hatte. Ganz lange blieb sie starr in dieser Haltung. Die grauen Zottelhaare hingen rechts und links über den Gummischnorchel, ihr grüner Lodenrock warf vor dem Gugu Falten, weil sich die Kommandantin das Vorderteil unseres ersten, noch unpraktisch gebauten Kastens zwischen die Knie klemmen musste. Mich überfiel die Angst, das Gugu-Innenbild könnte, allein gespeist vom Dämmerlicht der Galerie, zu düster sein, ich packte einen Strahler und ließ sein Halogenlicht auf den Glasdeckel des Gugus fluten. Als sich das Angesicht der Kommandantin schließlich mit einem Schmatzen aus dem Brillenstutzen löste, sagte sie zunächst nichts, wischte sich nur mit dem von mir gereichten Taschentuch das Talkum von der Stirn und aus der Nasenbeuge. Wie sie dann plötzlich aufsprang und mit wenigen großen Schritten auf mich zukam – ich kann mich noch an ihre rosaroten Reitstiefel erinnern! –, hab ich ihr viel, Fußtritte, einen Faustschlag, selbst einen Kopfstoß gegen meine Nase, zugetraut. Aber sie kniff mich nur mit ihren starken Fingern in die linke Wange, nannte mich ein perfektes kleines Schwein, zog mich an meiner Backe bis zu ihrem Schreibtisch und machte mit Dem Wölffli einen ersten die Kunst und Künstlerei betreffenden Vertrag.

Wieder steht mir der Mammaonkel genau im Strahlungs-kegel der TATARENKEULE. Mein Monitor zeigt mir ein prächtiges Frontalbild mit leicht gespreizten Beinen, die Hände rühren mit den Spitzen der kleinen Finger an die Schenkel und sind so vollständig geöffnet, dass man jedes Knöchlein unterscheiden kann. Es ist, als gäbe sich mein Onkel Mühe, ein sauberes Röntgenbild zu liefern. Zuletzt war die Tatarenkeule wegen der übertrieben hohen Basisstrahlung und ihrer schlechten Regulierbar-keit nur noch beim Militär, im Knast und in den wenigen Veterinär-Röntgenstationen in Verwendung. Die meis-ten der unverwüstlichen und leistungsstarken Apparate stauten sich längst in einem Sammelkeller, als endlich, im Aktengang der Sicherheitsbehörden, die erlösende Idee geboren wurde: Die Grenzübergänge unserer Repu-blik in Richtung Westen wurden mit dem Altgerät be-stückt. Jetzt scheint das Bild des Mammaonkels Ulf sogar noch einmal an Schärfe zuzunehmen. Ärgerlich nur, dass seine Dienstpistole so uneindeutig abgebildet ist. Seit der erzwungenen Pensionierung, seit der Onkel die Pistole nicht mehr führen darf, trägt er sie gutverborgen im Hosenbund über dem Hintern, leider so unglückselig in der Rückenmitte, dass sie vom schwarzen Rähmchen der Gürtelschnalle und vom Dunkelgrau der Lendenwirbelknochen überlagert wird. Das Wölffli weiß inzwischen ganz genau, was sich der Onkel Ulf an Dienstgerät beiseiteschaffen konnte, bevor es an das große Sammeln, Verhökern und Verschrotten ging. Alles liegt ordentlich sortiert, beschriftet und gegen Feuchtigkeit in feste Folien eingepackt im Kriechkeller unseres Bootshäuschens. Vom Zubehör, das die Tatarenkeule zum Grenzdienst tauglich machte, fehlte fast nichts, nur ein paar schwere Zurichtungen, die auf die Schnelle wohl nicht zu demontieren waren. Das Wölffli und die Kunst hätten den klobigen Kram auch nicht gebrauchen können. Der Mammaonkel weiß noch nicht, dass die Tatarenkeule, komplett mit allem Drum und Dran, vom Wölffli ausgeliehen wurde. Der Onkel ist erst gestern aus der Charité entlassen worden. Jetzt, wo man ihm die Gallenblase rausgenommen hat und sein Zwölffingerdarmgeschwür als gutartig vernarbt bezeichnet wurde, jetzt, wo er sieht, wie meine Künstlerei fast offizielle Anerkennung findet, jetzt wird er mir die Eigenmächtigkeit verzeihen und mir nachträglich seine Erlaubnis geben.

Der Kumpel Lorch hat sich das URGUGU noch einmal gründlich vorgenommen, als er den Kobaltstrahler in dessen Kasten baute. Das Urgugu ist unverkäuflich. Es hat in seiner simplen ersten Form das Herz der Kommandantin für uns eingenommen. Mit seinem grobgeschweißten Blech und den plump geratenen Gummiwülsten umschließt es bereits alles, was jetzt die Vernissagebesucher gucksüchtig an den Okularen der später entstandenen Gugus hängen macht. Nach langem Hin und Her haben wir uns aber doch entschlossen, das Urgugu nachträglich mit einem taktilen Stimulator auszustatten. Es wäre ohne diese Aufrüstung das einzige Kunstgerät der Ausstellung gewesen, das einsinnig, nur übers Auge, mit dem Benutzer den Verkehr aufnimmt. Den Lorch und selbst die Kommandantin hätte das nicht gestört; aber Das Wölffli mag in der Kunst keinerlei Altertümeleien dulden. Also baute der Lorch als nachträglichen Stimulator einen unserer Sattelrüttler vor den Kasten. Wir haben uns diese Sitze für den Panorama-Gucker ausgedacht. Sechs Sattelrüttler sind vor die Guckstutzen des großen Apparats montiert und haben schon den ganzen Abend prima bewiesen, dass sich der Innenbildgenuss bruchlos mit einem Sattelritt verbindet. Aber zu unserem schlichten Urgugu wollte der arg pompös geratene Sattel, mit seinem Riffelhartgummi und seinem ergonomisch durchgeformten Knauf aus Büffelleder, nun mal nicht recht passen. Lange suchten wir nach einer einfachen und dennoch wirkungsvollen Lösung. Erst letzte Woche wurde der Kumpel Lorch durch einen Zufall fündig: Auf der Konkursversteigerung des Inventars einer Erholungs- und Schönheitsklinik erwarb er einen sogenannten Halsdränagevibrator. Das zierliche Standgerät ist fast komplett mit hellblau emailliertem Blech ummantelt, nur die drei Vibrationsstößel, die an die Halslymphknoten und an den Unterkieferdeckel drücken, sind mit vergilbtem, ursprünglich weißem Kunstleder verkleidet. Alles passt wunderbar zum primitiven Charme unseres ersten Gugu. Das Wölffli schwört, erst jetzt, im Kunstverbund, kann dieser medizinische Vibrator wirklich stimulieren.

Der Lorch ist endlich eingetroffen. Leider mit einer Flasche GRÜNBITTER CLUB in seiner rechten Hand und einer zweiten in seiner linken Jackentasche. Zum Glück hat er den Elektroniker nicht mitgebracht. Ich weiß, dass ihn der Elektroniker mit dem Likör versorgt. Die Fabrikation von Grünbitter Club stand nach der Implosion unserer Zwergendiktatur schnell still, und heute verstieße schon der bloße Vertrieb von Restbeständen des einstigen Staatsfusels gegen das Lebensmittelrecht. Der Elektroniker muss sich vorausschauend ein wahres Arsenal, eine vielhunderthälsige Reserve, angelegt haben. Nur so erklärt sich, dass zwei so starke Trinker wie der Lorch und er noch immer aus dem Vollen schöpfen können. Grünbitter Club wurde laut Etikett mit Extrakten aus heimischen Kräutern zubereitet. Eine große, zackige Vier und eine etwas kleinere Null versprechen den Mindestalkoholgehalt, die künstlichen Aromen, die Farb- und Konservierungsstoffe der verflossenen Industrie, der reinweiß raffinierte Rübenzucker verstehen sich von selbst. Das grandiose Bild des Flaschenaufklebers schenkte dem Lorch und mir die Grundidee für das Konzept des Panorama-Guckers. Das Etikett ist zweifarbig; in einem dunklen Grün ist eine Zeichnung in Kupferstichmanier auf orangegefärbtes Recycling-Papier gedruckt. Ein Reiter versucht vergeblich, in schwebendem Galopp, dem Etikett nach rechts zu entkommen. Die Hufe seines

Gauls hängen hoch über unverhältnismäßig großen Blumen, zwischen deren Blütenkronen man in perspektivischer Verkürzung die Schlote eines Heizkraftwerks und die Skyline einer Hochhaussiedlung sehen kann. Als mir der Lorch das Etikett zum ersten Mal vor Augen brachte, meinte er lockend, erst wenn man ausreichend, ungefähr eine halbe Flasche, Grünbitter Club getrunken habe, genieße man das Bild des Ritts in angemessener Schärfe. Bis heute bin ich nicht bereit gewesen, die hellgrün schillernde und süßlich riechende Mixtur zu kosten, aber das Innenlicht des Panorama-Guckers hat sich Das Wölffli von einem Light-Designer zu einem Farbton mischen lassen, der dem Leuchten des Likörs vor einer Hundertwattbirne entspricht.

Allein der Kumpel Lorch weiß, dass ich hier oben im MARTERGUGU hocke. So heißt die ganze Ausstellung: In Wölfflis Martergugu. Der Titel brachte mit sich, dass die Kommandantin erstmals keinen großen Sponsor aus dem Unterhaltungselektronik- oder Konsumgüterbereich für ein Projekt der Galerie Für Nichts gewinnen konnte. Es unterstützen uns nur eine Handvoll exklusiver Spezialmodengeschäfte und ein über die Enge unserer Hauptstadt hinaus berühmter Juwelier, Hersteller einschlägiger Accessoires. Zu Recht steht also «Radikal Unzensiert» auf den Plakaten und auf dem Katalog unserer Ausstellung. Jetzt tritt die Kommandantin, flankiert von zwei Männern, in das Strahlungsfeld. Die drei bleiben so stehen, dass ich sie durch den linken Sehschlitz fast aus der Nähe sehen kann. Dem älteren ihrer Begleiter schiebt sie ein Hackepeter-Brötchen in den Mund und lacht ihr meckerndes Kleinmädchenlachen, als er sich an dem aufgedrängten Bissen schlimm verschluckt. Und weil er keuchend weiterhustet, schlägt sie ihm kräftig auf den Rücken. Erst jetzt erkenne ich in ihm unseren Kultursenator. Der zweite, der nun mit einem kleineren Brötchenstück gestopft wird, ist des Senators Referent für Medienkunst. Er zeigt hinauf zum schwebenden Kasten unseres Martergugus. Es hängt und ich hänge mit ihm an einem einzigen Haken: ein riesiger, nicht ganz geschlossener Ring, im Deckenbeton verankert. Niemand konnte uns sagen, wozu die Vorrichtung einstmals gedient hat, aber wir haben sie auch ohne historisches Blabla als eine Chance begriffen und das Martergugu daran schweben lassen. Der Kasten, in dem ich sitze, ist mit schwarzem Latex der besten Qualität bespannt, als Ausguckfenster dienen einseitig durchsichtige Spiegel. Technische und ästhetische Probleme machte uns die Signalvermittlung. Leider war eine Leitung von meinem Hochsitz hinunter an die Tatarenkeule und an die tschechischen Bildwandlerröhren unvermeidlich. Der Kumpel Lorch hat dieses Kabel mit Leder, echtem Haar und Fellresten in eine Art von Schwanz verwandelt. Übernatürlich echt wirkt das Gehänge und lockt in steter Reihenfolge einzelne Gäste an. Meist wechselt bei den Herbeigezogenen schon auf den letzten Schritten das Sektglas in die Linke, und die befreite rechte Hand betastet das Kabel mit einer scheuen Lüsternheit, als ob es nicht ganz ausgeschlossen wäre, dass irgendein Tier so eine ungeheuere Peitsche als Schweif am Leibe trüge. Die Kommandantin sagte einmal, dass ich, Das Wölffli, versunken in die eigene Künstlerei, nicht ahnen könne, wozu die Kunst die Menschen noch verderben werde. Jetzt steht der Mammaonkel Ulf bei ihr und dem Senator. Auf seine militärisch barsche Art hat sich der Alte ins Gespräch gedrängt. Mit seinem Zeigefinger pocht er dem Senator an die Brust. Gleichzeitig klopft die Kommandantin dem Onkel Ulf, begütigend oder ermutigend, auf seine linke Schulter. Das Wölffli kann sich gar nicht denken, was denn der bittere, alte Militär mit den Geburtshelfern der zukünftigen Kunst so hitzig-innig zu besprechen haben könnte.

Ich bin Das Wölffli, seit die Kommandantin mich mit vier anderen Künstlern in ihrer Galerie-Performance der ZEITZUCK erstmals der gucksüchtigen Hauptstadt präsentierte. Das Zeitzuck-Manifest mussten Das Wölffli und die vier anderen Debütanten regelrecht einstudieren und dann als Fünfer-Chor so laut von einer kleinen Bühne über die Gäste brüllen, dass man es hinten an den Bunkertüren vielleicht nicht mehr verstehen, aber doch hören konnte. Das war vor einem Jahr. Die anderen vier Neulinge sind schnell im Sumpf unter der Künstlerei versackt, und auch das Zeitzuck-Projekt ist längst vergessen. Die Kommandantin hat damals im Paragraphen Drei unseres Manifests geschrieben: Nur Knochenmark schmiert uns die Rutschbahn in die Zukunft! Jetzt schiebt sie sich das letzte Hackepeter-Brötchen in den weitaufgerissenen Mund und lässt den leeren Teller einfach auf den Boden fallen. Die Scherben springen dem Mammaonkel vor die Schuhe, und der kann gar nicht anders, als sich bücken. Der Boden der Galerie Für Nichts ist aus dem gleichen Beton gegossen wie die Rollbahn. Und bald, wenn uns die Bunkertüren endlich aufgehen, können wir unsere

Gugus über den gleichmäßig zart vernarbten Unter-
grund stufenlos in das Finstere schieben. Dort sollen, wie
die Kommandantin herausgefunden hat, diffizile Entsor-
gungsprobleme auf der Lauer liegen. Man habe irgendwann, nach einer allerletzten Bombennacht, größere
Mengen Toter und mutmaßlicher Totenteile auf Lkw-An-
hängern, Leiterwagen und anderen Behelfsfahrzeugen
ins Bunkerinnere geschafft und dann die Türen bis auf
weiteres verschlossen. Stets leckt sich die Kommandantin heftig über die schmale Oberlippe, wenn wir darauf
zu sprechen kommen, was sich aus den verborgenen Ge-
beinen alles machen ließe. Ein Bunkerforscher, den wir
letzten Winter kontaktierten, geht sogar davon aus, dass
aufgrund der günstigen klimatischen Bedingungen kom-
plette Mumien, wunderbar luftgetrocknet, hinter den
Eisentüren gefunden werden können. Für diese in der
Zeit Geschrumpften wird sich Das Wölffli vom Kumpel
Lorch wahre Schneewittchensärge bauen lassen. Noch
immer kriecht der Mammaonkel auf dem Boden und
sammelt die kleinen Scherben vorsichtig auf eine große.
Dabei ist ihm sein Sakko so weit hochgerutscht, dass
jeder, der hinschauen mag, den klobigen Griff der in den
Ruhestand hineingestohlenen Dienstpistole sieht. Die
Kommandantin hat erzählt, unser Senator sei besonders
stolz darauf, dass er, der Schutzpatron der Hauptstadt-
kunst, als einziges Senatsmitglied nie einen Bodyguard
in Anspruch nehme. Jetzt krabbelt Onkel Ulf dem Referenten zwischen die gespreizten Beine. Das Wölffli macht
sich schnell noch einen Ausdruck von der Viergruppe.
Wer weiß, wie lang das schöne Arrangement besteht!
Schon wankt der Kumpel Lorch durchs Bild. Er will zum

Urgugu, er hält sich auf dem Weg am Kabel fest, wackelt so arg daran, dass ich ein Flackern auf den Bildschirm kriege. Wenn Lorch jetzt, wie versprochen, noch einmal nach dem Kobaltstrahler schaut, wird er entdecken, dass ich den Regler, ein wackeliges Aluminiumrädchen, bis an den Anschlag hochgefahren habe. So ist das Bild einfach am besten. Der Elektroniker hat uns erzählt, dass die Tatarenkeule an der Grenze, auf halbe Stärke eingestellt, so strahlungsmächtig war, dass man die Künstlichkeit von Hüftgelenken durch Autoblech und Menschenfleisch hindurch erkannte. Auf Maximum, bei voller Gammastärke, hätten die diensttuenden Offiziere darum gewettet, wer an den Armbanduhren der ausreisenden Autofahrer am schnellsten die Zeit ablesen könnte. So weit, meinte der Kumpel Lorch dazu, solle man auch die Kunst nicht treiben. Der Mammaonkel hat die Scherben restlos vom Boden aufgesammelt. Schweratmend reicht er sie der Kommandantin, die aber tippt ihm nur von unten an die Hand, und alle Tellerstücke zerschellen auf dem Boden zu noch kleineren Stückchen. Sie kann nicht wissen, wie leicht der Onkel Ulf in Wut gerät und dass ihn, wenn er einmal wütend ist, besänftigend gemeinte Worte schnell bis an jene Grenze reizen, wo es ihn unerträglich in den Fingern juckt. Inzwischen hat Lorch den Rückendeckel des Urugus zur Seite weggeklappt. Alle können das schwarze Gammaauge der Tatarenkeule sehen. Der Onkel müsste sein altes Arbeitsgerät auf einen Blick erkennen, aber er ist schon wieder zum Scherbensammeln abgetaucht und rammelt den grauhaarigen Kopf zwischen die graubehosten Knie unseres Senators. Falls nun der Lorch am Rädchen dreht und mir mein Maximum vermindert, wird dieses schöne Bild sogleich an Leuchtkraft und Kontur verlieren. Das Bild bleibt scharf. Jetzt setzt die Kommandantin ihren Stiefel mit dem Silbersporn dem Onkel Ulf auf seinen knochigen Altmännerpo. Ich höre den Senator wiehernd lachen und schieße mir ein Bild von ihm mit aufgerissenen Kiefern. Immer wenn ich die Taste am Schaltpult drücke, leuchtet unten dem Lorch das Gammalämpchen auf. Er merkt, dass ich nicht mit der Dosis geize. Ich sehe, wie er lange zu mir hochschaut und schließlich sein unsichtbares Wölffli grüßt, indem er eine Flasche Grünbitter Club hoch über das verwirrte Haar erhebt. So ehrt er kurz die Kunst und klappt vorsichtig den Schutzdeckel vor die Tatarenkeule. Dann aber geht ein Ruck durch ihn. Er lässt die erst halbleer getrunkene Flasche fallen und torkelt gefährlich schnell zurück ins Strahlungsfeld, wo immer noch die Kommandantin und ihr Hofstaat stehen. Der Onkel Ulf ist wieder auf den Beinen. Die Scherbensammlung hat er dieses Mal, aus Schaden klug geworden, dem Referenten des Senators in die Hand gedrückt. Die Kommandantin flüstert ihm etwas ins Ohr und zeigt dabei auf den heranwankenden Lorch. Der Onkel nickt und salutiert vor ihr und reißt mit alterslosem Schwung die Dienstpistole aus dem Hosenbund. Das Wölffli hat ein Auge für die wirkungsvolle Form und schießt ein schönes Bild der Schützenpose. Der Mammaonkel steht mit leicht geknickten Knien, mit vor die Brust gestreckten Armen, die Hände um den Knauf der altertümlich großen Feuerwaffe. Die Kommandantin und der Kultursenator klatschen begeistert, der Referent für Medienkunst lässt die erhaltenen Scherben wieder fallen. Nur Kumpel Lorch hat offensichtlich keinen Sinn für das monumentale Pathos des erstarrten Körpers. Er zieht dem steif stehenden Onkel die Waffe aus den Fingern und reicht ihm dann die zweite, noch volle Flasche Grünbitter Club als Gegengabe. Was für ein Bild. Das Wölffli hat den heiligen Tausch in einem Ausdruck festgehalten. Der Mammaonkel Ulf dreht die Flasche auf und inhaliert mit ratlosem Gesicht das einst vertraute, doch unheimlich gewordene Aroma. Die Kommandantin zeigt dem alten Militär, wie wir es mit dem Überkommenen halten: Sie gießt sich den Likör in ihren schnellruckenden Schlund, dann hält sie dem Senator die Flasche in den bereitwillig aufgerissenen Rachen. Der Drucker surrt. Mein Frankensteingerät, aus deutschem Schrott und schlitzäugiger Hochtechnik zurechtgebastelt, zeigt sich dem historischen Moment gewachsen.

Ach, wenn ich nur die Muße hätte, mich zwischendurch in einen der ausgeworfenen Drucke zu versenken! Der Elektroniker hat Lorch und mir erzählt, dass die Tatarenkeule noch heute unter langgedienten Strahlenärzten berühmt für ihre geisterhaften AURA-BILDER sei. Dort, wo auf neueren Röntgennegativen das Mittelgrau des Fleisches umstandslos ins Schwarz des Hintergrundes übergehe, zeigten sich auf den legendären Altaufnahmen regelmäßig Auswüchse des Körperrandes. Die Köpfe der Durchstrahlten seien mit langgezogenen Schweifen versehen oder von eiförmig verzogenen Lichtkreisen umgeben gewesen. Ein wahrer Heiligenschein aus Strahlenbündeln habe dann den Schädel und die Schädelfraktur eines vom Gerüst gestürzten Bauarbeiters umfangen gehalten, und manches durch und durch marode Glied habe das Leuchten seiner Randprotuberanzen in eine märchenhafte, höhere Gesundheit projiziert. Das Wölffli wird, wenn sich im kommenden Jahrhundert die Eisentüren geöffnet haben, den einen oder anderen mumifizierten Toten in das Strahlfeld der Tatarenkeule tragen lassen. Vielleicht sind sie auch jetzt hier mitten unter uns, verstehen längst, sich selbst, auf ihre eigene Art, ins Bild der Kunst zu schreiben. Der Umtrunk ist in vollem Gange, man reicht Grünbitter Club, zügig und ohne Neid, herum. Der Onkel nimmt dem Senator die Flasche von den Lippen und drückt sie nach getanem Schluck dem Referenten für Medienkunst in die schon ausgestreckte Rechte. Nur Kumpel Lorch kommt nicht zum Zug. Dümmlich vernarrt spielt er mit der Pistole, jetzt schiebt er sich den langen, kantigen Lauf der Waffe so weit in den Rachen, dass es Das Wölffli vom bloßen Zuschauen würgt. Ein Glück, dass sich die Bilder von alleine schießen! Der Lorch legt seinen Kopf weit in den Nacken und dreht den Griff der ungetümen Waffe nach oben, ohne sie aus dem Mund zu nehmen. Ich spüre, dass er in meine Richtung schielt, und übersehe nicht, wie er sich hütet, den dicken Daumen in den Abzugsring zu schieben. Schon ist die Waffe, wieder aus dem Mund genommen, in einer der tiefen Taschen seines Overalls verschwunden. So ist die Kunst. So soll die Zukunft bleiben. Die Kommandantin schrieb im Zeitzuck-Manifest, der Hohn und die Hoffnung würden im Geheimnis plattgeschlagen. So ist die Kunst. So wird die Zukunft bleiben. Wenn alles gutgeht, und es geht schon gut, wird sich Das Wölffli um Mitternacht mit Knall und Rauch an einem Gummiseil vom Martergugu hinunter in das Gejohle der erlesenen Menge stürzen.

GESCHLECHT

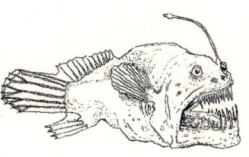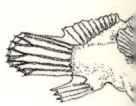

Ukra'ina

Unsagbar schwierig, großes Hauptstadtvarieté zu machen!

Wie jeden Freitagabend stehe ich hinter dem Roten Vorhang und lausche durch seinen schweren Stoff ins Publikum. Langsam füllt sich der Saal. Am Stühlerücken, am Klirren der Gläser kann ich hören, dass bereits knapp die Hälfte der Tische besetzt sein muss. Ab einer Auslastung von sechzig Prozent sind unsere Unkosten gedeckt. Binnen der nächsten zehn Minuten wird mir der dumpf gewordene Hall des Saales sagen, dass mehr als drei Viertel der vorhandenen Plätze in Beschlag genommen sind. Schnell wird dann in Erscheinung treten, was wir den Suffneid nennen: Von allen Seiten winkt man nach den Kellnern, plötzlich wollen die, die bislang knauserig an den Kelchen nippten, den Sekt in Flaschen vor sich stehen haben. Es ist, als griffe eine Angst vor Mangel Raum, als wäre unserer Kundschaft schlagartig der Verdacht gekommen, dass unser Sekt- und Wein- und Biervorrat begrenzt sein könnte, und jeder müsste deshalb das Trinkbare in einer Art Privatdepot auf seinem Tischchen horten.

Dabei ist es noch niemals vorgekommen, dass unser Arsenal an Alkoholischem dem Ansturm der Bestellungen nicht mehr gewachsen war. Nur einmal, beim ersten Auftritt Ukrainas, mussten wir jede – auch die letzte – unserer Drei-Liter-Flaschen Wodka öffnen; so umfassend war plötzlich das Bedürfnis nach einem Sedativ für Kopf und Magen. Nicht wenige der Männer, die Ukrainas Hauptstadt-Debüt damals quasi naiv, ohne jemals zuvor von ihr gehört zu haben, erdulden mussten, gaben sich im weiteren Verlauf der Vorstellung mit harten Getränken selbst den Rest. Und ich, der Chef, musste an jenem Abend mit Hilfe zweier Kellner unseren Senator für Soziales, von Wodka und erbrochenem Kaviar besudelt, als eines der Opfer Ukrainas aus dem Saal ins Freie tragen.

Auch heute ist Ukrainas Auftritt der Höhepunkt unseres in allen Medien gerühmten Großen Hauptstadtabends. Nach den Erfahrungen des ersten Wochenendes haben wir ihre Nummer sofort weiter nach hinten, in jenes letzte Viertel des Programms geschoben, wo im Normalfall unsere Show schon ausklingt. Inzwischen wissen wir, dass die Gäste, wenn sie gut angetrunken sind, die Vorführung von Ukrainas Künsten bei weitem besser überstehen, als wenn sie eben erst die Nüchternheit des Alltags in unser Haus getragen haben. Ein kleiner Sketch, der Ukrainas Auftritt unmittelbar vorausgeht und, dämlich witzelnd, von ihrem Varieté-Debüt erzählt, hat sich zudem als segensreiche Einstimmung erwiesen. Es mildert das Gesehene, wenn man es schon als ein Gehörtes kennt. Und wer gerade noch recht herzlich über fremde Ohnmachten zu lachen wusste, vermag dem Schwindel eigener Ohnmacht beherzter standzuhalten.

Ich suche das mit schwarzem Leder eingefasste Guckloch. Es ist in irgendeine Falte des schweren Vorhangs eingeschlagen und sitzt so niedrig, dass ich als langer

Kerl — die Kleinkunst liebt die kleinwüchsigen Männer! — mich hinknien muss, um Ukrainas Publikum Tisch für Tisch durchmustern zu können. Die ersten Reihen strotzen schon vor Prominenz. Jetzt ausgerechnet, wo ich, durchs Guckloch spähend, unseren patenten Altbundeskanzler nebst Gattin am liebsten gar nicht aus dem Auge lassen möchte, packt mich die mit Kaffee und Hektik lange weggedrückte Müdigkeit. Ich kämpfe ein Gähnen nieder. Noch steckt mir der erlittene Zeitsprung in den Knochen: Die letzten Tage bin ich in nervösem Zickzack über dem westlichen Asien hin und her gejettet. Dort, in den schlitzäugigen Folgestaaten der Sowjetunion, gibt es noch ungehobene Schätze: Meister der Tierdressur, bizarre Musikanten und wahre Kleinode der Akrobatik. Ich habe viel gesehen, aber niemanden gefunden. Seit mir im Frühling Ukrainas Nummer den Star für großes Hauptstadt-Varieté gestochen hat, leide ich selbst am meisten unter meinem schmerzhaft hochgeschnellten Anspruch an die Kunst und ihre Künstler.

Wenn ich die Vorhangfalte drehe, kann ich auch die Hähnchen-Tafel sehen. So nennen wir den schmalen Tisch ganz rechts, direkt neben der Treppe, die aus dem Saal zur Bühne führt. Mein Blick dorthin ist nie ganz sorgenfrei. Jeder, der Ukrainas Nummer mit klarem Verstand verfolgt, begreift, wie wichtig für ihr harmonisches Gelingen unsere Hähnchen sind. In ihrer Heimat und in deren einstigen Bruderstaaten pflegte sie einfach wildfremde Männer zur Mitwirkung zu animieren. Sie lockte sie in der ihr eigenen, wirklich warmen, nie lasziven Art — mit ihrem Charme, der auch das buntgemischte Publikum der Volkskultursäle zu faszinieren vermochte.

Im Haus Der Völkerfreundschaft Lemberg habe ich Ukraina zum ersten Mal gesehen und sie gleich in derselben Nacht, in meiner Suite im Cosmo-Hotel, für sieben
Jahre exklusiv unter Vertrag genommen. An einen ihrer
damaligen Bühnenmänner kann ich mich noch genau erinnern. Es war ein hünenhafter, weizenblonder Kerl. Er
sei mehrfacher Militärmeister im Diskus- und im Ham-
merwerfen, bellte er, hochgeklettert, in Ukrainas Mikrophon. Als er die Bühne ein langes Weilchen später wieder
verlassen durfte, mussten zwei Kameraden nach oben
kommen und ihn behutsam an den Ellenbogen führen.
Die drei gingen direkt an mir und meinem Dolmetscher
vorbei. Der Militärmeister war äußerst blass, er lächelte
wie irr und murmelte, was auch bei unseren Hähnchen
häufig vorkommt, unaufhörlich Ukrainas Namen.
Am Hähnchen-Tisch sitzen bis jetzt nur die unseren
Hähnchen beigesellten Damen. Ich kenne alle drei: Die
kleine Schwarze gehört zum Küchenpersonal, die beiden
Blonden tanzen gelegentlich als Aushilfen in unserem
Cancan-Ballett. Sie mimen die Begleiterinnen und helfen
durch bloßes Dasitzen, den Schein normaler Besucher-
schaft zu wahren. Die ersten Hähnchen habe ich noch selber ausgesucht und dazu diverse Sport- und Bodybuil-
ding-Center abgeklappert. Inzwischen übernimmt das
eine Agentur. Die Männer müssen überdurchschnittlich
groß, erkennbar muskulös, gesund und – was das Wich-
tigste für ihren Einsatz ist – mental stabil sein. Leider erwies sich bisher keiner der eingesetzten Kerle als so ro-
bust, dass man ihn noch ein zweites Mal zu Ukraina auf
die Bühne hätte schicken können.
Von Anfang an war ich mir klar darüber, dass es völlig

genügt, wenn Ukraina einen einzigen Mann zur Mitwirkung nach oben bittet. Das zweite und das dritte Hähnchen sind lediglich Reserve. Tatsächlich ist unsere Erstbesetzung zweimal ausgefallen. In beiden Fällen fühlte sich die Nummer Eins zu schwach, die Hand zu heben, als Ukraina bezaubernd radebrechend nach einem HERRN MIT HERZ UND KRAFT WIE LÖWE fragte. An diesem Kneifen war wohl Boris schuld. Boris ist Ukrainas Bühnenschwein, ein ruhiger, weil kastrierter Eber, kurzbeinig, lang und hängebauchig, laut Ukraina knapp drei Zentner schwer und stolze sieben Schweinejahre alt. Selbst für ein Schwein ist Boris ausgesprochen hässlich. Auf dem Rücken sprießt ihm ein schwarzer Flaum, sein Schwanz ist ungewöhnlich lang und ungeringelt, und seine Schnauze zieren Warzen, so groß, dass man sie von den vorderen Tischen aus mühelos zählen kann. Das Fleisch der alten Rasse, die in Weißrussland noch viel gezüchtet wird, soll zäh und fettarm sein.

Vor dem ersten Berliner Auftritt Ukrainas trug ich mich mit der Absicht, Boris durch ein gleich schweres, aber rosiges deutsches Hausschwein zu ersetzen. In aller Unschuld glaubte ich, es komme vor allem auf das Gewicht an, und jedes Schwein, egal wie hochgezüchtet, sei von Natur aus klug genug, um die recht simplen Tricks, mit denen die Vorführung beginnt, zu lernen. Noch war mir nicht in letzter Konsequenz als Einsicht aufgegangen, welche immense nervliche Belastung es für jeden intelligenten Warmblütler bedeutet, die Möglichkeiten Ukrainas am eigenen Leib erfahren zu müssen.

Die Sorge um das Gelingen des heutigen Hauptstadtabends hat mich erneut hellwach gemacht. Ich muss den

Abendbühnenleiter fragen, wo die drei Hähnchen bleiben. Erwiesenermaßen vermag schon Ukrainas Arbeit mit Boris, dem klugen Schwein, unser Berliner Publikum in Bann zu schlagen, jedoch allein die Vorführung am Mann steigert den Reiz und Schrecken ihrer Kunst bis an die Grenze des Erträglichen. Selbst mir, der ich die Nummer drei Dutzende Male vom Seitenrand der Bühne aus bestaunen durfte, bleibt das Gesehene mirakulös, erfurchtsgebietend und intim zugleich. Immer geht Ukraina einen Schritt zu weit, einen Schritt über das hinaus, was unser Publikum zu denken und der Probant zu fürchten wagt. Niemals hat sie dabei einem der Hähnchen an Haupt oder Gliedern ernstlich wehgetan, niemals kam es zum völligen Zusammenbruch, immer versteht es Ukraina, bis in die ärgste Zumutung hinein den Mann in einer Art von Restform stehen zu lassen.

Allein der Abgang bleibt gefährlich. Seit ihr in Minsk ein populärer Kerl, ein Astronaut im Ruhestand, urplötzlich wie ein nasser Sack über den Bühnenrand gekippt ist, legt Ukraina Wert darauf, dass ein stabiles Treppchen mit Geländer und eine muskelstarke Hilfskraft den Rückweg ihrer Männer sichern. Mir hat sie außerdem verraten, dass sie gelernt habe, den Bühnenburschen beim Begrüßungshandschlag mit ausgestrecktem Zeigefinger am Handgelenk den Puls zu fühlen. Allzu nervöse Aspiranten schicke sie nach den leichteren Exerzitien ins Publikum zurück, um dann am nächsten, stärkeren Exemplar das übliche Exempel umso drastischer zu statuieren.

Götter der Kleinkunst, steht mir bei; das Schlimmstmögliche ist geschehen. Ich hocke im Kabuff des Abendbühnenleiters, ich nippe an einem doppelten Wodka und zermartere mir den Verstand mit der Frage, was jetzt zu tun ist. Das Programm hat begonnen. Der Conférencier, Deutschlands beliebtester Trunkenbold, reißt den fünften oder sechsten Witz über die Symptome seiner Alkoholkrankheit. Der Saal wiehert vor Mitgefühl. Alles läuft großartig; alles läuft auf ein Fiasko zu. Alle drei Hähnchen haben kurzfristig abgesagt, ich habe keinen einzigen Kandidaten in Bereitschaft. Wenn Ukraina ihre Frage stellt, wenn ihr unnachahmliches R durch die nicht ganz korrekte, aber anrührende Wendung vom HERRN MIT HERZ UND KRAFT WIE LÖWE rollt, wird sich irgendein Prominenter angesprochen fühlen. Am Tisch unseres Altbundeskanzlers hat inzwischen ein Manndecker unserer Fußballnationalmannschaft Platz genommen. Er ist berühmt für seine weder den Gegenspieler noch die eigenen Knochen schonende Grätsche. Sorglose Selbstgefährdung ist ein sicheres Indiz für Dummheit. Der Grätscher könnte sich als Kandidat die ärgste Formkrise seiner Karriere zuziehen. Vielleicht bricht er auf der Bühne in kindliches Schluchzen aus, wie es einem bekannten Amateurboxer in Kiew einmal geschehen ist. Solche Exzesse kann der Boden des Varietés nicht tragen; dergleichen hat in einer anderen Darbietungswelt seine Heimat gefunden. Ich stehe in der Verantwortung, ich kämpfe mit dem zweiten doppelten Wodka um eine Lösung. Mir fällt Bill ein. Ich schicke den Assistenten des Abendbühnenleiters los, um Bill aus dem Hotel zu holen.

Bill tritt seit dem letzten Winter bei uns auf. Raubtier-

dressuren sind im Varieté sehr selten. Bill hat einem sibirischen Schneetigerweibchen beigebracht, auf den
Hinterbeinen zu laufen, riesige Sahnetorten zu fressen
und Rechenaufgaben mit zweistelligen Zahlen zu lösen.
Die Bühnenleistung der Tigerin und die Dressurkunst
Bills kann aber letzten Endes nur derjenige ermessen,
der weiß, dass die Raubkatze blind ist. Es ist eine Al-
tersblindheit, vielleicht vorzeitig herbeigeführt vom
vielen Zucker in den Torten, die das Tier an seinen Auf-
trittsabenden verschlingt. Das Publikum darf natürlich
nichts von dieser Behinderung wissen. Sofort stünde Bill
als Tierquäler und unser Varieté als Ausbeutungsbetrieb
da. Zurzeit laboriert die Tigerin an einer Grippe und muss
schon das zweite Wochenende pausieren. Ich hoffe händeringend, dass Bill bei ihr im Hotel ist. Er muss einfach
im Hotel sein. Er kann das arme, kranke Tier doch nicht
alleingelassen haben.
Bill kommt, und sein Anblick macht mir wieder Mut.
Er ist ein stattlicher Bursche, ein wahrer Prachtkerl von
einem US-Amerikaner, fast zwei Meter groß, ein wenig
schwammig zwar, aber ab einer gewissen Distanz sieht an
einem solchen Hünen auch das Fett nach Muskeln aus.
Ich habe das Wodka-Glas in meiner Sakkotasche verschwinden lassen und lutsche an einem Pfefferminzbon-
bon. Ich konzentriere mich; bereits mein erster Satz darf
nicht bittend, sondern muss fordernd klingen. Ich bin
der Chef, ich zahle Top-Honorare, und ich lasse zu, dass
Bill unser Hauptstadt-Publikum mit einem altersblinden
Katzenvieh hinters Licht führt. Ohne mich rechtfertigen
zu müssen, kann ich eine kleine außerplanmäßige Gefälligkeit von ihm erwarten.

Ich sage Bill, worum es geht. Er fasst sich in pathetischer Geste an die Stirn, verdreht die Augen und stöhnt auf, als hätte ich etwas Unanständiges von ihm verlangt. In uramerikanischem Tonfall – halb weihevoll, halb hartgesotten – teilt er mir mit, dass ich in dieser Sache nicht mit ihm rechnen könne. Eher stiege er zu einem tollwütigen Tiger in den Quarantäne-Container als zu Ukraina auf die Bühne. Ich lasse mich von diesem haarsträubenden Vergleich nicht provozieren und schaffe es, meinem Business-Englisch schlagartig einen warmen Unterton zu geben. Ich versuche, Bill mit seinem Ehrgefühl als Mann und mit seinem Nationalstolz in die Zange zu nehmen, ja ich versteige mich zu dem Satz, Amerika habe den russischen Bären schon einmal in die Knie gezwungen. Aber Bill fällt mir mit einem brüllenden Auflachen ins Wort, mit gespreizten Fingern umfasst er meine Oberarme, so weit, wie es mein angespannter Bizeps zulässt. Er drückt zu, um mir den Umfang und die Härte meiner Muskulatur zu demonstrieren. Ich weiß, was er damit sagen will, und verstumme augenblicklich.

Bill hat recht, und sein Rechthaben beschämt mich. Wie könnte ich verhehlen, dass Body-Styling die einzige Leidenschaft ist, die ich mir abseits des Varietés erlaube. Der konsequente Aufbau der Gesamtkörpermuskulatur ist Ziel und Zweck meiner knapp bemessenen Freizeit, und das Ergebnis kann sich sehen lassen. Längst passe ich in keinen Anzug von der Stange mehr. Ich habe den Schultergürtel eines Schwergewichtsboxers, die Oberschenkel eines Gewichthebers, und auf meine Bauchmuskulatur könnte sich Die Schwerste Frau Der Welt stellen. Flach hechelnd, hielte ich ihrem Gewicht – wir hatten sie im

Programm! – mit angespannten Quer- und Längsfasern stand. Bill will mir, was er mir gestisch sattsam gegeben hat, mit Worten noch einmal auftischen, aber ich winke ab und nicke ergeben. Soll er zurück zu seiner verschnupften Sibirierin. Ich mag keine Amerikaner. Ich mag sie am wenigsten, wenn sie recht haben. Vom Nötigen überzeugt, gehe ich zur Maskenbildnerin hinunter.

Man wird mich nicht erkennen. Ich trage eine rotblonde Perücke und einen dunkelbraunen Schnauzbart. Sogar ein scheußlich kariertes Sakko, das mir nicht allzu eng um die Schultern liegt, ließ sich in unserem kleinen Kostümfundus finden. So sitze ich als einziger Mann, als letztes Aufgebot, am Tisch der Hähnchen und mache Atemübungen, wie ich sie aus einem Yoga-Kurs meiner Studentenzeit in Erinnerung habe. Eine unserer Alibi-Damen, die kleine schwarze Küchenhilfe, massiert mir unauffällig das rechte Handgelenk, um regulierend auf meinen Puls einzuwirken.

Ukraina betritt die Bühne. Der Eber Boris folgt ihr tippelnd. Sein lautes Grunzen dringt durch den Begrüßungsapplaus. Boris ist hässlicher als je zuvor, und er beginnt, wie es leider regelmäßig vorkommt, mitten auf der Bühne zu urinieren. Das Publikum kreischt vor Tierliebe. Bei den Berlinern kam der grässliche Eber sofort erschreckend gut an. Ukraina macht eine entschuldigende Geste; sie hat sehr große, sehr schöne Hände. Dann beginnt sie mit Boris zu arbeiten. Ich muss die Nerven des Ebers bewundern. Wie immer wird sich das Vieh keine

Blöße geben. Vielleicht fällt ihm vieles leichter, weil er verschnitten ist.

Der Saal hat begonnen, sich vor meinen Augen zu drehen. Es ist ein nach rechts kippendes Kreiseln, schlimmer wäre ein linkslastiger Schwindel. Beim Aufstieg wird das Geländer zur Rechten meine Fallsucht bremsen. Oben auf der Bühne steht Ukraina stets an der linken Hand des Probanten. Es ist völlig unmöglich, im Bannkreis ihrer Schwerkraft von ihr weg ins Leere zu stürzen. Noch kann ich mich an der Musik orientieren. Noch spielt unsere Fünf-Mann-Hauskapelle mit Bravour den Walküren-ritt. Das heißt, noch ist Ukraina eine ganze Weile mit der schweinischen Intelligenz und den muskulösen drei Zentnern von Boris beschäftigt. Danach folgt eine Zwischen-Conférence, die Ukraina nutzt, um unser Publikum, das von Boris' letzten Vorführungen bei aller Tierliebe doch etwas konsterniert ist, erneut in Sicherheit zu wiegen. Ich liebe ihr Bühnendeutsch, ich genieße jeden ihrer mit Raffinement gesetzten Grammatikfehler. Sobald in ihrer kleinen, stets ein wenig improvisierten Rede das Stichwort Einsamkeit fällt, beginnen unsere Musiker zart den alten Operetten-Schlager DIE MÄNNER SIND ALLE VERBRECHER zu intonieren. Ukraina schnippst mit der linken Hand den Takt mit. Zuerst ganz leise. Bald aber wird daraus ein knallendes Schnalzen, so laut, als gäbe sie der Kapelle den Takt vor.

In meinem Vertrag mit Ukraina wird ihre Nummer, so gut es geht, mit Worten beschrieben. Grob vereinfachend, das Wesentliche wahrscheinlich schon verfälschend, habe ich ihre Bühnendarbietung als Animatorische Akrobatik bezeichnet. Eine alte Pressekrähe, eine der letzten Edelfedern des bundesdeutschen Feuilletons, prägte dann den Ausdruck Triumph Des Leibes. Das wird seitdem eifrig abgeschrieben und ist nicht einmal völlig falsch, wenn man es kriegerisch, quasi militärhistorisch versteht. Allerdings sollte man hinzufügen, dass Ukraina es nicht beim Vorzeigen der erbeuteten Waffen und beim Vorführen des geschlagenen Gegners belässt. Sie bringe seine Vögelein zum Singen, stammelte mir eines der ersten Hähnchen ins Ohr, als ich ihn mit sicherem Doppelarmgriff von der Bühne führte. Und eine Klapperschlange des Privatfernsehens, eine Frau, die mehrmals vergeblich versucht hatte, Ukraina als Gast in ihren Mitternachtstalk zu locken, sprach, gekränkt und giftig, von Seelenentmannung durch tatarischen Sexismus. In geheuchelter Geschlechtssolidarität riet sie den Besucherinnen unseres Programms, die Ehemänner und Freunde mit Fußschellen an die Beine der Tische zu ketten.

Es ist so weit. Durch eine Art Nebel – es muss der Dunst der historischen Zeit sein – höre ich Ukraina mit rollendem R ihre Frage nach dem HERRN MIT HERZ UND KRAFT WIE LÖWE stellen. Ich fühle mich aufstehen und die linke Hand über den Kopf heben. Wie von selbst findet meine Rechte das Geländer der Treppe. Ich bin perfekt maskiert, aber Ukraina wird mich erkennen. Sie ist naiv, klug, grausam und gerecht; einen Chef-Bonus wird sie mir nicht geben. Im Gegenteil: Gerade von mir, ihrem Vertragspartner, wird sie erwarten, dass ich meinen Mann stehe. Das erfüllt mich mit panischem Stolz, und auf die Bühne tretend, kann ich mich nur mit äußerster beruflicher Disziplin daran hindern, ein tatarisches Triumphgeheul anzustimmen. Wir sehen uns in die Augen.

Der Saal hält mit uns den Atem an. Bald wird er ächzen und stöhnen wie ein riesiges, wie ein zu großes, wie ein um seinen leiblichen Zusammenhalt ringendes Tier. Dann erst dürfen wir dieses Publikum in hochmütiger Lakonie Hauptstadtpublikum nennen.

Vortex & Ming

Mein Englisch, nicht das Marodeste an mir, hätte wohl hingereicht; mit meinem deutschhackenden Amerikanisch wäre ich auch alleine vom Airport San Francisco ins ältere Geschlinge dieser Stadt, zum Gelände von Vortex & Sons gelangt. Jedoch unser Projektleiter in Karlsruhe traute mir, dem Innendienstler, dem Spezialisten mit nervösem Magen, nur das Fachmännisch-Eine zu und hatte deshalb die dortige Kontaktfigur per Fax gebeten, mich am Flughafen zu erwarten. Diese Person war Ming.

In allem, was mir als Techniker der Fachabteilung EDV-Archiv im Falle Vortex an Unterlagen offenlag, hieß unser transatlantischer Gewährsmann immer nur Ming. Und es gab keinen Grund, sich an dem Decknamen zu stoßen. Ming war die Fachkraft, die mich in San Francisco an einem Vortex der legendären Baureihe Null 1 anlernen und betreuen sollte. Ming hatte diesen Rechner, das vielleicht weltweit letzte Exemplar, für das Karlsruher Zentralamt ausfindig gemacht und uns sogar ein Originalhandbuch über den Großen Teich geschickt. Das schwere, speckige Ringbuch hatte ich in den letzten Wochen jeden Abend mit nach Haus geschleppt. Fast alle Seiten waren mit Randbemerkungen, mit eigenhändigen Notizen Mings versehen. Im Schein des Nachttischlämpchens zerbrach ich mir den Kopf über die klar formulierten, mir über weite Strecken dennoch dunkel bleibenden Erklärungen. Das Logiklabyrinth der Vortex-Figurierung war mir wie verbaut, und immer blieb Mings Einsicht meinem zähen Lernen einen Schritt voraus. Ein wirkliches Begreifen würde mir, dem nur in jüngeren Systemen schlau gewordenen Informatiker, allein am Apparat gelingen können.

In San Francisco hatte ich mich hinter der Passkontrolle vergeblich nach einem Abholschild mit meinem Namen umgesehen, war schon im Glauben, Ming wäre nicht gekommen, und wartete, bereits erneut zerstreut, am Fließband auf das Erscheinen meines Koffers. Da war vor meiner Hand plötzlich die Mings am Griff, mit Schwung wurde das schwere Teil vom Förderband gerissen. Ein knapper, amerikanisch temperierter Gruß galt mir, und Ming schleppte mit schiefer Schulter meinen Koffer Richtung Ausgang. Bereits auf diesem kurzen Stück, auf dieser Viertelmeile bis zum Taxistand, durchmaßen wir das grässliche Gewimmel eines Landes, das man zu Recht, wenngleich in falschem, weil verharmlosendem Pathos einen Schmelztiegel für Völker nennt. Wie aufgeplatzte Hülsenfrüchte schwammen mir die Physiognomien der nur halbzerkochten Rassen entgegen und kippten rechts und links aus meinem Blickfeld. Vor mir schritt Ming, und war mir nun ein kleines Stück vertraut. Die Überraschung, das jäh erzwungene Umdeuten des mitgebrachten Bildes, lag mittlerweile tausend Schritt zurück: Mein Mister Ming war weiblichen Geschlechts. Noch jung, recht groß, nicht dick, nicht mager, eher muskulös und zäh zugleich, mit langem europidem Schädel.

Erster Tag. Ich warte auf Ming. Vortex ist an der fensterlosen Westwand der kleinen Halle aufgebaut. Der be-
rühmte Altrechner ist noch größer, als meine historische
Phantasie ihn imaginiert hat. Die Anlage befindet sich im
Warmlauf. Die einzelnen Komponenten summen und vi-
brieren in verschiedenen Rhythmen. Die Kühlventilato-
ren an den Rückseiten der Geräte sind so stark, dass mir
ein Wind ins Gesicht fährt, wenn ich mich über eines der
Schaltpulte beuge. Alles an Vortex Null 1 erscheint mir
altväterlich groß, ungut laut, bösartig lebendig. Schon
eine Stunde warte ich, allein mit der Maschine. Mein
Zimmer, kaum mehr als eine Schlafkammer, liegt direkt
hinter der Wand, an der der Rechner aufgebaut ist. Ich
wachte auf, als Vortex eingeschaltet wurde, duschte in
der winzigen Nasszelle, die am Fußende meines Bettes in
mein Zimmerchen integriert ist, und eilte mit nassen Haa-
ren an unseren Arbeitsplatz. Aber Ming war nicht mehr
da und lässt noch immer auf sich warten. Ich vermute,
dass sie ebenfalls irgendwo hier im Gebäude genächtigt
hat, denn im Hof des verödeten Firmengeländes steht nur
ein alter Volkswagen auf pneulosen Felgen.

Ming erscheint. Auf einem Aluminiumtablett bringt sie
einen Glasballon Kaffee und einen Stapel dickgezucker-
ter Doughnuts. Wir frühstücken und führen ein erstes
technisches Vorgespräch. Ich habe Mühe, Mings Aus-
führungen zu folgen. Sie nimmt wenig Rücksicht darauf,
dass ich die Logik der Vortex-Familie nur aus dem Hand-
buch kenne. Ich trinke zu schnell zu viel Kaffee. Schon
hat der beißend vitale Geschmack der amerikanischen
Röstung über die Warnsignale meiner Magennerven
gesiegt. Während Ming die bombastischen Spulen des

Betriebssystems auflegt, mit silbrigen Flügelschrauben festdreht und die Anfänge der Magnetbänder einfädelt, erzählt sie mir von den Vorläufern des Rechners, die noch reine Lochkartengeräte gewesen seien. Mit Null 1 hätten wir das erste hybride Modell der Firma vor uns. Ich versuche den Fluss ihrer Erläuterungen durch Fragen zu verlangsamen. Allmählich wird mein Englisch sicherer. Ming bleibt mir keine Antwort schuldig. Sie selbst muss von einem alten Spezialisten, einem echten Vortex-Praktiker, instruiert worden sein. Wir arbeiten ohne Pause. Ming erklärt und erklärt. Stockend lerne ich. Den ganzen Tag bis weit in die Nacht hinein bemühen wir uns, das Betriebssystem von Vortex Null 1 zu starten. Es gelingt Ming und mir nicht.

Zweiter Tag. Wo bleibt Ming? Ich habe elend schlecht geschlafen. Schon im Vorfeld der Reise haben mir mein Magen und mein Gedärm Beschwerden bereitet, die über die chronischen Störungen der letzten Jahre hinausgingen. Der Zeitsprung des Interkontinentalflugs, der mohrenschwarze Kaffee des ersten hiesigen Arbeitstages, die Anspannung, mit Mings Darlegungen Schritt halten zu müssen, all das hat meine leibliche Problemzone weiter destabilisiert. Zum Glück habe ich meine Magenteemischung und die wichtigsten homöopathischen Mittel dabei. Ming kommt. Auf meine Bitte holt sie mir heißes Wasser für die aus Deutschland mitgeflogenen Teebeutel. Es gelingt mir, ein Gespräch über das historische Umfeld unseres Geräts in Gang zu bringen, doch Ming gibt vor, fast nichts darüber zu wissen. Es ist, als wäre ihr nur die nackte Apparatur, so wie sie hinter unseren Rücken schnaubt und röchelt, ein Begriff.

Ich nippe an meinem Tee und mühe mich redlich, ihr das Wenige, was ich mir aus den Akten und der Fachliteratur angelesen habe, als eine Art Geschichte aufzutischen. Bei uns in Europa waren nur drei Exemplare der Baureihe Null 1 installiert, alle drei in Gefechtsleitzentralen der amerikanischen Besatzungsarmee. Diese drei in der Alten Welt betriebenen Vortex-Anlagen sind seit langem verschwunden, ihre Bausteine wurden verschrottet gemäß den phobischen Sicherheitsbestimmungen des Kalten Krieges. Die Experten, die an den Rechnern und an den gleichzeitig benutzten Ursystemen von IBM gearbeitet haben, sind inzwischen verstorben oder dem Zugriff des Zentralamts aus anderen Gründen entzogen. Unser Projektleiter bezeichnet es als ein informationshistorisches Wunder, dass sich drei Magnetbänder aus der Frankfurter Kommandozentrale der US-Armee erhalten haben und in deutsche Hand gefallen sind.

In solcher Ausführlichkeit dürfte ich Ming eigentlich nicht davon berichten. Aber das Material, mein Erzählstoff, ist schon mager genug, ich brauche jede Anekdote und bin bereits an meinem zweiten amerikanischen Tag so gierig auf den Klang der eigenen, auch in ihrem Englisch deutschtaktigen Rede, dass ich nichts Erzählbares zurückzuhalten vermag. Ming hört mit leidlichem Interesse zu; zumindest zeigt ihr großes, ebenmäßiges Gesicht kein Zeichen von Ermüdung oder Langeweile. Im Lauf des Nachmittags gelingt es ihr, das Betriebssystem zu stabilisieren. Mir dämmert inzwischen, worin die eine oder andere Labilität der kühnen Konstruktion des Veteranen begründet liegt. Tatsache bleibt, dass Vortex mich überfordert. Ich fürchte mich vor dem Rechner, gleichzeitig hat meine Zuneigung zu ihm schon deutlich an Gefälle zugenommen.

Dritter Tag. Ming lässt mich warten, und es erbittert mich im Vorhinein, dass sie auch heute wieder ohne ein Fältchen im Gesicht und mit glockenklarer Stimme zum Arbeitsbeginn erscheinen wird. Mir ist die zurückliegende Nacht zum Fiasko geworden. Nach zwei Stunden grübeligen Halbschlafs trieben mich unvermittelt einsetzende Darmkrämpfe aus dem Bett. Fast hätte ich die fünf Schritte bis zum Klosettsitz nicht mehr geschafft, ohne mich zu beschmutzen. Ein infernalischer Durchfall, begleitet von Schüttelfrost, Schweißausbrüchen und sirrenden Kopfschmerzen, hielt mich fast die ganze restliche Nacht in meiner Nasszelle gefangen.

Ming kommt und sieht auf den ersten Blick, wie es um mich steht. Sie geht noch einmal auf den Flur hinaus und kehrt mit einer emaillierten Blechkiste zurück. Es ist ein alter Erste-Hilfe-Kasten. Auf dem Deckel ist das Firmenzeichen von Vortex & Sons eingeprägt: ein halbaufgerollter Tausendfüßler mit menschlichem Gesicht. Der Kasten ist randvoll mit Verbandspäckchen und Medikamenten. Ming und ich sortieren die alten Drogen auf den Tisch. Soweit sich auf den Packungen ein Haltbarkeitsdatum finden lässt, liegt der Verfallstermin mehr als zwanzig Jahre zurück.

Ich nehme die alte Werksapotheke zum Anlass, um Ming noch einmal nach der Firmengeschichte von Vortex & Sons zu fragen. Nun weiß sie immerhin zu erzählen, dass der Firmengründer, ein Armenier, kurz vor Ausbruch des Zweiten Weltkriegs in die USA gekommen ist. Der Firmenname sei die Verballhornung des armenischen Familiennamens durch einen Beamten der Einwanderungsbehörde. Der mit Vortex angesprochene Immigrant habe das Wort als einen Wink des Schicksals verstanden. Bis zu seinem Tode sei der geniale Autodidakt, abgesehen von mathematischer und technischer Fachterminologie, nur zu einem rudimentären Englisch gekommen. Söhne, mögliche Nachfolger in Forschung und Firma, gebe es nicht. Der Firmenname Vortex & Sons sei wohl einer Sehnsucht des Alten entsprungen. Sie selbst, verrät mir Ming, habe Vortex noch kurz vor seinem Tod auf der Jahrestagung der nordamerikanischen Vereinigung für spekulative Mathematik sprechen hören. Von zwei Pflegern sei der hinfällige Greis vor das Auditorium geführt worden, habe sich, als schwindle ihn, an das Rednerpult geklammert, dann aber in seinem gebrochenen Englisch einen Vortrag auf der Höhe der Zeit gehalten. Ming rät mir zu einfachen Kohletabletten. Ich würge fünf der bröckeligen Dinger mit Tee hinunter. Dazu eine Handvoll Aspirin. Der Wirkstoff wird sich im Lauf der Jahre stark abgebaut haben.

Trotz meiner elenden Verfassung kommen wir gut voran. Vortex Null 1 absolviert ein Dutzend Probeläufe ohne Kollaps. Wir lassen ihn mit einem einfachen Programm rechnen, einem Stapel vergilbter Lochkarten, die Ming in einem Schuhkarton mitgebracht hat. Es handelt sich um eine medizinstatistische Software der frühen 50er Jahre, Tabellen zur Erfassung des Impfstandes von Rekruten der US-Armee. Vortex Null 1 arbeitet annähernd fehlerfrei; die wenigen noch auftretenden Probleme stammen aus der diffizilen Mechanik des Lochkartenlesers. Die Abstände, in denen ich Richtung Nasszelle verschwinden muss, werden langsam größer. Meine Bauchschmerzen stabilisieren sich zu einem vagen Grummeln. Ming macht sich fleißig Notizen in der Vortex-eigenen Kürzelsprache, die ich noch immer nicht zusammenhängend lesen, geschweige denn schreiben kann. Morgen wollen wir mit meinem aus Deutschland mitgebrachten Material beginnen. Ming und ich suchen in den verjährten Medikamenten nach einem Schlafmittel, das mir zu einer erholsamen Nacht verhelfen könnte, und wir finden ein Beruhigungspräparat, entwickelt in der deutschsprachigen Schweiz und hier von einer Firma in New Mexico in Lizenz hergestellt. Ich verordne mir eine hohe Dosis.

Vierter Tag. O Ming, steh mir bei. Ich weiß nicht, ob mein technisches Englisch ausreichen wird, Ming die Vorkommnisse der zurückliegenden Nacht adäquat zu berichten. Schon bald nach Mitternacht fuhr ich aus dem Schlaf. Ich blieb benommen. Das Beruhigungsmittel wirkte noch. Dennoch hatte ich geträumt. Ich, der deutsche Informatiker, war bei japanischen Großeltern gewesen. Eine ganze Sippe asiatischer Anverwandter war um mich versammelt. Ich und die traumverwandten Japaner standen mit hochgekrempelten Hosenbeinen auf nackten Füßen am Ufer eines großen Fischteichs. Über eine hölzerne Schleuse wurde das Wasser abgelassen. Im Schlamm der freigewordenen Grube wälzten sich gewaltige, großschuppige Karpfen. Wir stiegen hinunter und hievten die schweren Tiere in Wannen, gefüllt mit Kalk. Erst wenn sie rundum weißbestäubt waren, kamen die Karpfen in Bottiche mit klarem Wasser.

Die Kalkbehandlung war nötig, weil die Fische von Parasiten befallen waren. Blutegel, Saugkäfer und Vielfüßler in erstaunlicher Zahl hatten sich zwischen den Schuppen in ihr Fleisch gefressen. Mein japanischer Vater zeigte auf einzelne besonders große Exemplare dieser Schmarotzer und nannte ihre japanischen Namen. Ich verstand jedes Wort, und die Benennung des widerlichen Ungeziefers half mir, meinen halswürgenden Ekel zu bändigen. Zuletzt wurde die leere Grube mit Kalk ausgestäubt. Wir warfen den ätzenden Staub mit hölzernen Schippen von oben auf den Schlamm. Und jetzt erst, da die scharfe Lauge in den Boden sickerte, ließ sich erkennen, wie reich der Teich an Getier war. Zischend und blubbernd geriet der schmierige Grund in Bewegung. Würmer von unglaublicher Größe wälzten sich, weißgepudert und offenbar qualvoll sterbend, dem Rand der Grube und damit uns entgegen. Mit einem jämmerlichen Heulen verließ ich den Traum und fand mich in meinem amerikanischen Bett wieder. Laken und Decke waren klitschnass, ich ertastete eine halbflüssige Substanz und begriff benommen, dass ich mich im Schlafe selbst besudelt hatte.

Wie soll ich Ming zur verständigen Komplizin des Geschehenen machen? Ich müsste ihr in meinem Amerikanisch berichten, dass ich alle drei Lichter meines Zimmers anknipste: das Nachttischlämpchen, die Neonröhre der Deckenbeleuchtung und die Birne im Spiegelschrank der Nasszelle. Von dort holte ich Toilettenpapier, um das Bett zu reinigen. Ich war auf die Farbe und den Gestank der eigenen Ausscheidung vorbereitet, aber ich fand nur geringe Mengen milchigen Schleims auf dem Laken. Offensichtlich war doch kein Kot abgegangen. Stattdessen entdeckte ich drei etwa bohnengroße, weißliche Fremdkörper. Ihre Ruheform war flach, stark abgeplattet. Aber sie hielten nicht still. Sie verdickten sich in konvulsivischen Zuckungen und erreichten auf dem Höhepunkt ihrer Anspannung die Form spitzer Walzen. Schon nach wenigen Minuten ließ ihre Beweglichkeit nach. Offenbar kühlten sie aus, und ohne die Wärme meines Körpers waren sie verurteilt zu erlahmen. Erst als sie sich endgültig nicht mehr rührten, fasste ich sie an. Sie waren weich, fast glibberig, und die halbdurchsichtige Hüllschicht hielt ein vielkörniges Inneres, Hunderte von schimmernden Perlchen, gefangen.

Ming erscheint den ganzen Tag nicht. Ich suche nicht nach ihr. Ich bleibe in der Rechnerhalle, rücke den Tisch nahe an Vortex, lasse ihn in Bereitschaft laufen und studiere stundenlang die Beipackzettel der alten Medikamente. Trotz übergründlicher Lektüre finde ich nichts, was für meinen Fall geeignet wäre. Lange erwäge ich, ob ich eine Überdosis Abführmittel zu mir nehmen soll, verzichte dann aber doch darauf. Zum ersten Mal gehe ich früh zu Bett. Im getrockneten Laken ist nur ein gräulicher Fleck zurückgeblieben. Schlagartig übermannt mich der Schlaf.

Fünfter Tag. Ming ist zu Vortex und mir zurückgekehrt. Für ihr gestriges Fernbleiben hat sie eine wahrhaft lächerliche Ausrede: Das Schloss ihres Zimmers habe blockiert. Erst heute Morgen sei es ihr gelungen, es mit Hilfe eines zum Dietrich gebogenen Kleiderbügelhakens zu öffnen. Natürlich glaube ich ihr kein Wort. Wir wenden uns sofort der Arbeit zu. Das Karlsruher Material besteht aus drei großen Spulen. Ich habe die Bänder in Plastiktransportdosen nach San Francisco mitgebracht. Die ursprünglichen Aluminiumbehälter trugen das Wappen der einstigen US-Bodentruppen in Europa und vergilbte Aufkleber mit den damaligen Geheimhaltungsvorschriften. Bei jedem Band lag ein auf beiden Seiten mit Vortex-Kürzeln beschriebenes Faltblatt. Kopien dieser Blätter hat Ming bereits vor einem Vierteljahr zugestellt bekommen. Aber soweit ich weiß, wurde ihr nie mitgeteilt, woher die drei Magnetbänder stammen. Ich selbst, der Fachidiot, habe es nur durch die Indiskretion eines auf der letzten Weihnachtsfeier sinnlos betrunkenen Abteilungsleiters erfahren.

Die historischen Bänder haben sich auf wahrhaft kuriose Weise in die Jetzt-Zeit gerettet: Sie erhielten sich, weil ein nachlässig diensttuender Militärinformatiker sie in einer der Bunkertoiletten der Frankfurter Kommandozentrale auf einem besonders hoch montierten Spülkasten abgelegt und vergessen hatte. In sicherer Höhe langsam verstaubend, entgingen sie allen Datenvernichtungsfeldzügen, die die US-Armee in den folgenden Jahrzehnten gegen die eigenen Informationsbestände führte. Erst als die Amis endgültig abgezogen waren, als unsere Spurensicherungsexperten die leergeräumten, zum Teil widerlich verschmutzten, mehrstöckigen Bunkerkeller durchforschten, wurden die Dosen entdeckt. Es dauerte noch ein weiteres Jahr, bis die Abteilung EDV-Archiv sich mit dem Bandmaterial beschäftigen durfte und wir seine vorläufige Unlesbarkeit diagnostizierten.

Ming erklärt mir, wie sie aus den rudimentären Informationen der Beipackzettel ein Programm entwickelt hat, das den dunklen Text mit einem ersten groben Zugriff ins Zwielicht der Halbverständlichkeit heben soll. Die Frucht ihrer Vorarbeit sind 99 unbenutzt glänzende Lochkarten. Sie füttert Vortex damit und lässt das erste Karlsruher Band einlaufen. Es ergibt sich nichts außer einer Reihe neuartiger Störmeldungen. Gegen Mitternacht zeigt der Hauptrechner Überhitzung an. Wir schalten alles ab, um ihn vollständig abkühlen zu lassen.

Ich nutze die Pause und durchwühle noch einmal die Bestände der Werksapotheke. In meinem Magen und in seinem Unterbau herrscht wieder eine ungute Unruhe. Ich lege reichlich Aspirin und das bereits erprobte Beruhigungsmittel beiseite. Dann bringt Ming den Rechner erneut zum Laufen, und wir arbeiten, ohne auf die Zeit zu achten. Zuletzt scheint Vortex Null 1 Mings Programm und das europäische Band richtig einzulesen, aber sobald wir Output von ihm verlangen, schreibt uns sein gewaltiger Kugelkopfdrucker unter Rattern und pneumatischem Stöhnen nur Nonsens auf das Endlospapier. Wir trennen uns im Morgengrauen, um ein paar Stunden zu schlafen.

Sechster Tag. Ich schlafe nicht. Ich wache und denke an Vortex und Ming. Ming hat im Auftrag des Zentralamts eine Scheinfirma gegründet, um das verkommene Firmengelände, das zurzeit einer Immobilienfirma in Atlanta gehört, anzumieten. In meinen Karlsruher Unterlagen befand sich nicht einmal ein Grundriss des Geländes, geschweige denn ein detaillierter Plan der Gebäude. Und seit ich hier bin, habe ich nichts als ein finsteres, stinkendes Treppenhaus, den Rechnerraum, meine Schlafkabine und die fensterlose Küche auf der anderen Seite des Gangs gesehen. Ich stehe auf. Ich will nicht schlafen. Es ist sechs Uhr morgens. Ich gehe Mings Zimmer suchen. Vortex & Sons ist keine große Firma. Zwei langgezogene, aber nur dreistöckige Häuser bilden ein nach Osten offenes Vau. Der Nordflügel ist völlig ausgebrannt; dort gibt es nichts mehr zu finden. Ich bin entschlossen, systematisch vorzugehen, und beginne im untersten Stockwerk des Südflügels. Das Gebäude ist nicht unterkellert. Ich durchsuche jeden Raum. Im zweiten Stock sind mehrere Türen verschlossen. Aber im Erdgeschoss habe ich neben einem Haufen Paletten eine langstielige Axt gefunden. Ich hasse handwerkliche Tätigkeiten, in Europa macht mir der bloße Anblick eines Hammers zwei linke Hände. Hier jedoch, in der Neuen Welt, begreife ich schon an der ersten verriegelten Tür, dass es genügt, mit wenigen Hieben das Holz rund um das Schloss zu zertrümmern. Dann lässt sich die Tür nach innen treten. Die Räume des zweiten Stockwerks bergen keine Geheimnisse. Meist sind sie leer; gelegentlich findet sich ein einzelnes Büromöbel, ein ausgeweideter Aktenschrank, ein umgestürzter Schreibtisch, ein Drehstuhl mit aufgeschlitztem Sitzpolster. Das Ausmaß der Plünderung und Verwüstung lässt es arg unwahrscheinlich erscheinen, dass ausgerechnet ein hochempfindlicher Großrechner unbeschadet vor Ort geblieben ist.

Ganz oben sind fast alle Türen offen. Ich komme schnell voran. Ich passiere den Rechnerraum, ohne hineinzusehen. Die allerletzte Tür, die Tür an der Stirnseite des Ganges, ist wieder verschlossen. Ich bin sicher, Mings Versteck gefunden zu haben, und der ungewöhnlich lange Widerstand des Schlosses bestärkt mich in dieser Überzeugung. Auch das Holz ist von vielversprechender Qualität. Ich haue Spalt an Spalt und trete die Tür in Fetzen nach innen, zwänge mich durch das geschlagene Loch und reiße dabei den größten Rest des Türblattes mit. Aber der eroberte Raum ist leer, absolut kahl. Nicht einmal Dreck hat sich in bemerkbarer Menge angesammelt. Durchs Fenster sehe ich die aufgehende Sonne. Sie hängt über einer Reihe mittelhoher, in der Röte des Morgens besonders schäbig wirkender Bürobauten. Ich werfe mit der Axt nach diesem Bild. Aber der Kopf der Waffe prallt vom Mittelsteg des Fensterrahmens ab und poltert über die Dielen zu mir zurück.

Ich finde Ming am Rechner. Sie hat die Blechverkleidung des Druckers abmontiert. Sie erklärt mir, warum es nur noch an diesem Hilfsaggregat liegen kann. Ich beuge mich ihrer Sicht der Lage, reiche ihr das Messwerkzeug, suche den einen oder anderen brauchbaren Einfall beizusteuern. Wir stoßen auf eine defekte Vorwärminstallation; eine Heizbirne ist dick mit fettigem Staub verklebt. Ming gibt mir das ausgebaute Teil, und ich reibe den Glaskolben am Hemdärmel sauber. Ich trage mein vorletztes Hemd. Für den morgigen Nachmittag ist mein Rückflug gebucht. Als das wieder installierte Lämpchen aufglüht, spüren wir beide, dass wir den letzten Defekt behoben haben. Ming macht sich nicht mehr die Mühe, die Verkleidung vor den Drucker zu schrauben. Wir starten das Betriebssystem, und noch einmal, fast wie am Anfang, fällt mir das röhrende Brummen des Hauptrechners auf. Wir lassen das von Ming entwickelte Programm einlaufen. Die Lochkarten haben durch die bisherigen Probeläufe schon deutlich an Glanz verloren. Langsam und unter den gewohnt obskuren Geräuschen wird das erste Frankfurter Band eingelesen. Es geht. Vortex Null 1 gibt uns den Text. Dessen Englisch ist fehlerfrei und für Ming und mich gleichermaßen verständlich.

In strahlendem Sonnenlicht schwebe ich über Deutschland. Der Landeanflug auf Frankfurt ist bereits durchgesagt. Ich habe schon ein gutes Dutzend Sätze Deutsch gesprochen, mit einer der Lufthansa-Bordbegleiterinnen, einer Chinesin aus Djakarta. Unser Fahrdienst wird mich am Flughafen abholen. Ein sofortiger mündlicher Vorbericht ist in derlei Fällen das Übliche. Der Projektleiter und einige von ihm ausgesuchte Kollegen werden mich in lockerer Form befragen. Ich fühle mich durch das Geschehene hinreichend vorbereitet. Was kann einem Einzelnen heutzutage noch zustoßen.
Ming lachte hell auf, als wir den ersten lesbaren Ausdruck studierten. Es war eine dieser amerikanischen Arten zu lachen. Ich las, was uns Vortex Null 1 endlich

herausgegeben hatte, schweigend, mit flachgehalte-
nem Atem und ohne eine Miene zu verziehen. Ich sagte
nichts, obwohl das eine oder andere, was da schwarz auf
weiß stand, meine Bosheit reizte. Aber niemand hätte im
Rechnerraum von Vortex & Sons hören wollen, warum
ich dergleichen auf unsere europäisch morbide Weise
verspottenswert finde. Eigentlich hätte ich Ming den
Ausdruck gar nicht lesen lassen dürfen. Wenn es etwas
gibt, was wir in der amtsinternen Fortbildung bis zum
Erbrechen eingepaukt bekommen, dann sind es die jeweils aktuellen Geheimhaltungsvorschriften. Wer weiß,
für wen Ming noch arbeitet. Gewiss ist mein altdeutsches
Zentralamt nicht ihr einziger Auftraggeber.
Als wir den Gehalt der drei antiken Magnetbänder, ausgedruckt auf einem Schlingenhaufen Endlospapier, vor
uns liegen hatten, ging es mir und vielleicht auch Ming
besser. Mein Körper ließ mich den Umschwung durch
ein heftiges Wechselfieber mit an- und abschwellendem
Schüttelfrost fühlen. Ein gutes Zeichen, mir wohlbekannt
aus der Symptomatik der letzten Jahre. Ming holte Wein
aus der Küche. Für unsere Abschiedsfeier hatte sie drei
Flaschen kalifornischen Rotwein der gehobenen Preis-
klasse bereitgestellt. Wir tranken schnell, und nach und
nach gelangen uns passable Scherze über das gemeinsam
Gelesene. Auf den Magnetbändern waren die Persönlich-
keitstopographien von seinerzeit vielversprechenden
jungen Spezialkräften gespeichert. Ausführliche Dos-
siers, alles Denk- und Sagbare über 36 helläugige Hoff-
nungsträger der US-Armee. Zwei von ihnen waren mir
ein Begriff: Beide sitzen inzwischen als feistgewordene
Grauköpfe in Schlüsselpositionen der Sicherheitsdienste.

Einen Dritten kannte Ming persönlich. Es war ihr Doktorvater, eine preisgekrönte Koryphäe der angewandten Mathematik. Im Dossier seiner militärischen Jünglingsjahre wurde lang und breit von einem Nebenpfad seiner sexuellen Aktivität berichtet. Der zukunftsträchtige Zahlenkünstler hatte damals spezielle Fotos gesammelt und wohl auch selbst fabriziert. Tierfotos, Aufnahmen, die je ein Männchen und ein Weibchen aus verschiedenen Gattungen bei grotesken Paarungsversuchen zeigten: Hund auf Katze, Ratte auf Meerschwein und noch seltsamere Kombinationen. Der Text war peinlich genau. Ming und ich konnten nachlesen, welches Zusammengehen der junge Mathematiker als besonders illusionserzeugend gelobt und welches Paarungsbild wegen seiner allzu großen anatomischen Differenz oder wegen der unübersehbaren Ungeschicklichkeit der Kopulierenden von ihm getadelt worden war.

Schnell ging uns der Wein aus. Vom Fieber allein wollte sich mein Witz nicht befeuern lassen, und auch Ming schien einzuleuchten, dass ich meinen Eingeweiden weiter Alkohol zuführen musste. Noch einmal trat sie vor den Rechner und klappte an seinem rechten Rand, dem Drucker achsensymmetrisch gegenüber, ein großes Verkleidungsblech auf. Ich hatte in der zurückliegenden Woche keinen Blick auf die Türen im Unterbau der Anlage verschwendet. Jetzt durfte ich sehen, dass dort Mings provisorisches Lager gewesen war. Ich trat heran, um wenigstens einen Blick in ihr hiermit aufgegebenes Kabuff zu werfen: eine schmale Luftmatratze, ein Armeeschlafsack, eine Reisetasche. Ihr entnahm sie eine große, fast volle Flasche Gesichtsreinigungswasser, 81 Volumenprozent Alkohol und Kräuterextrakte. Dann kochte uns Ming zum letzten Mal Kaffee, und Verschlusskappe auf Verschlusskappe, kippte ich dazu das amerikanisches Gesichtswasser. Anfangs war ich noch ein wenig in Sorge, was den Kräuteranteil des Getränks anging. Aber Magen und Darm blieben ruhig. Nichts wurde ausgetrieben. Wir schwiegen den Rest der Zeit. Ming wirkte erschöpft, und mir war am siebten, dem letzten Tag unserer Arbeit klar, wie mörderisch unschicklich es wäre, sie mit meinen Befindlichkeiten zu bedrängen. Im Morgengrauen erwarteten wir beide auf dem wüsten Hof von Vortex & Sons unsere Taxis; jeder hatte im Handumdrehen das Seine gepackt gehabt.

Mein Flugzeug sackt dem Airport Frankfurt entgegen. Wie alle braven Passagiere bin ich längst angeschnallt. Aber als Einziger habe ich meine rechte Hand unter den Sicherheitsgurt in die Hosentasche geschoben. Dort befingere ich den geriffelten Verschluss-Stöpsel eines Tablettenröhrchens. Sein glasummantelter Hohlraum bewahrt, was ich insgeheim über den großen Teich nach Deutschland bringe. Getrocknet sind sie inzwischen, ihre Haut ist an der Luft geschrumpft und verschrumpelt, greisenhäutig sieht aus, was meinen Körper säuglingsglatt verlassen hat, feingefältelt und zugleich zum Zerplatzen gespannt von der Unzahl der Eier: mein amerikanischer Abgang, die Zukunft, die Drei, meine leibeigenen, sprachlosen Söhne.

Das Große Vau

Es ist ein Privileg, die Nacht mit Max v. P. durchwachen zu dürfen, jene wenigen Stunden, in denen unsere Redaktion dem Halbdunkel und dem Schnurren der Fax-Geräte gehört. Früher als sonst ließ er dieses Mal die Schreibtischleuchte verlöschen, nur hinter seinem feisten Nacken, an der pompösen Espresso-Maschine, brannte ein letztes, milchiges Birnchen. Ich wusste, was mir in diesem Licht bevorstand. Wie immer nötigte Max v. P. mich, mit ihm Alkohol zum Kaffee zu trinken, seine heimatliche Hausmarke: einen hochprozentigen Mocca-Likör aus Österreich. Dann darf sein aktueller Günstling unter den Nachwuchstalenten, dann darf ich das Wort ergreifen und meinem Chefredakteur von meinen Ideen und Plänen erzählen. Schweigend und schlürfend hört Max v. P. mir zu und behält mich im Auge, als ließe sich der Gehalt meines Eiferns durch bloße Anschauung am besten prüfen. Letzte Nacht – mein trunkenes Reden drohte schließlich in Übelkeit zu stocken – griff Max v. P.s fleischige Hand nach dem Zipfel meiner Krawatte. An meinem Schlips zog er mich quer über den Schreibtisch bis vor seinen flüsternden Mund: Größenangst! Die Furcht vor wahrer Größe sei die verhohlene Krankheit unserer Profession. Wir, die wir alle Welt glauben machen möchten, wir wären von Berufs wegen verrückt nach dem Überdimensionalen, wir litten ausnahmslos an einer chronischen Beklemmung. Bang sei uns vor den wirklich großen Dingen.

Mit summendem Schädel und auch äußerlich vom nächtlichen Exzess gezeichnet, erwarte ich Frau Vera D.s Erscheinen. Die lichte Empfangshalle des Hotel Bleibtreu ist ein günstiger Ort für unser sechstes, unser erstes hauptstädtisches Treffen. Frau Vera schätzt das Gediegene, jene mittlere Ausdruckslage, die den Stolz auf das Erworbene zeigt, ohne damit zu protzen. Sie sagt von sich selbst, sie stamme aus kleinen Verhältnissen. Und die Zeitläufe hätten sie einst gezwungen, unter jedem Verhältnis, quasi bei null, zu beginnen. Im Historischen Präsens erzählt die schwergewichtige Rentnerin von sich als dem Flüchtlingsmädchen, das mit nichts als einem Fünkchen Hoffnung in den Westen des gedemütigten Deutschland gekommen sei. Mühelos gelingt es mir dann, Vera D. als magere Halbwüchsige zu imaginieren: mit Kniestrümpfen, im zu dünnen Kleid und mit stramm geflochtenen Zöpfen um das schmale Gesichtchen. Frau Vera ist eine große Erzählerin, fünfzig Jahre überbrückt sie mit einem euphorischen «Damals, als ich» und einer schwungvollen, die umgebende Gegenwart an den Rand ihrer Geschichte fegenden Handbewegung. Nie ist mir, wenn ich diesen Erzählungen lauschte, die Zeit lang geworden. Und als ich das Gehörte das erste Mal wiedergab, spürte ich, dass es möglich war, Frau Veras Feuer weiterzutragen. Ja, Max v. P., mein Chefredakteur, schien mir trotz seines unverändert ölgötzenhaften Starrens geneigter zuzuhören, als ich es von ihm kannte. Schließlich senkte er sogar stirn runzelnd den Blick in seine Kaffeetasse, schwenkte sie langsam und begann mit dem Zeigefinger seiner Linken winzige Krümel über die Kante der Schreibtischplatte zu schieben.

Es gibt große glückliche Momente. Selbst auf dem Bonner Hauptbahnhof kann ein besonderer Augenblick den Dunst des Alltäglichen zerreißen. Vera D. fiel mir in einem solchen zu. Mit leichtem Gepäck erklomm sie vor mir die Treppe zum Bahnsteig. Ihr rechter Schuh, eine elegante, weiße Halbsandale mit mittelhohem, nicht allzu spitzem Absatz, wurde zum Werkzeug des Schicksals. Frau Vera knickte mit dem Knöchel um. Bös ins Leere hätte sie stürzen können oder einem x-beliebigen Reisenden vor die Brust. Aber in mir bis heute unerklärlicher Geistesgegenwart ließ ich meine beiden Aktenköfferchen los, um stattdessen die Stürzende zu fassen. In meinen Armen kam Frau Vera wieder zu sicherem Stand. Sie hatte sich den Knöchel so gründlich vertreten, dass ich sie zum Kabäuschen der Bahnhofsmission geleiten durfte. Dort blieb ich bei ihr, als ihrem Fuß eine elastische Binde angelegt wurde. Wir stellten fest, dass wir mit demselben Zug nach Berlin wollten. Frau Vera hatte reserviert; aber der Zufall erwies sich als vollends glücklich. Der Platz neben ihr war leer. Wir reisten zusammen und, von Westen nach Osten brausend, kamen wir uns – sie erzählte, ich lauschte – näher und näher.

Vera D. war Küchenhilfe. Max v. P. schnaubte geringschätzig, als ich vor zwei Wochen, in meinem ersten Bericht, Frau Veras Berufstätigkeit zur Sprache brachte. Seine Pranke hob sich vom Schreibtisch, um ein Abwinken anzudeuten. Mir schien, er würde mich mit dem nächsten

Atemzug fragen, warum ich ihm nicht gleich mit einer Putzfrau käme. Ich wäre auf einen solchen Einwand vorbereitet gewesen. Ich hatte mit gereizter Abwehr, sogar mit einer barschen Zurechtweisung gerechnet. Doch mein Chef beließ es bei seinem einmaligen Unmutslaut. Ins Leere laufend, begann ich zu stottern. Auch das ließ Max v. P. mir durchgehen. Er lehnte sich zurück, knipste die Schreibtischlampe aus und ermutigte mich mit einem fast gutmütig klingenden Grunzen, weiterzureden. In aller Schlichtheit ließ ich die Fakten sprechen. Vera D. habe als minderjährige Küchenhilfe in der zunächst noch behelfsmäßigen Kantine des Ersten Deutschen Bundestages zu arbeiten begonnen und sei dann ohne Unterbrechung, ein ganzes Arbeitsleben lang, in der gastronomischen Versorgung der Volksvertreter tätig gewesen. Noch die allerletzte Bonner Legislaturperiode habe sie, an der Kasse der großen Cafeteria, anheben und zur Neige gehen sehen.

Frau Vera kommt. Sie trägt ein leichtes Kostüm, dessen Schnitt ihrer Figur schmeichelt, indem es deren Üppigkeit weder beengt noch zu kaschieren sucht. Ich nehme mir vor, die Farben des Kleides, das Gelb und das Ocker der riesengroß aufgedruckten Sonnenblumen zu loben – nicht gleich mit dem ersten, aber mit einem der folgenden Sätze. Zunächst muss mein verkaterter Kopf sich auf den korrekten Vollzug der Begrüßung konzentrieren. Vor allem gilt es den Blick von Vera D.s rechter Hüfte zu lösen. Dort trägt Frau Vera, in die wogende Leibesmitte gestemmt, ein dickes, dunkelblaues Fotoalbum. Es kann nur das Blaue Album sein. Noch vorige Woche, bei unserem letzten Treffen in Bonn, wie immer im Café des Hauptbahnhofes, hatte mir Frau Vera mit herzlichem Bedauern, aber mit ebenso außerordentlichem Ernst versichert, es sei leider unmöglich, mir Einblick in das Blaue Album zu gewähren. Allenfalls könne sie mir davon erzählen. Das hat sie dann auch ausgiebig getan. Und schon am Abend desselben Tages begann ich, nach Berlin zurückgekehrt, dem Chef von der Existenz dieses neuen Albums zu berichten. In den folgenden Nachtstunden ist mir – selbst noch ganz im Banne von Frau Veras Schilderungen, als ihr freier und doch wortgetreuer Nacherzähler – bei Max v. P. der Durchbruch gelungen.

Unser Chef ist Österreicher. Aber er spaßt gern damit, dass er nur Halbösterreicher sei. Im Kreis der Untergebenen und Abhängigen habe ich ihn mehrmals die Mär von seinem deutschen Vater erzählen hören: Der sei als blutjunger Waffen-SSler auf der Flucht vor der Roten Armee ins steirische Graz verschlagen worden, wo ihn die Familie eines gefallenen Kameraden aufgenommen habe. Mit Augenklappe und Kopfverband habe er den Schwerverletzten gemimt und schon im ersten Friedenshalbjahr mit der Schwester des Toten den älteren Bruder unseres Chefredakteurs gezeugt. Max v. P.s Familienlegende endet immer, noch vor der Geburt des Erzählers, mit dem launigen Schlusssatz, so habe sein Vater das neue, friedliebende Deutschland als erster, noch heimlicher Botschafter in der wieder Ausland gewordenen Steiermark vertreten. Wir Subalternen lachen jedes Mal herzlich über den zeugungsfreudigen Wahlgrazer. Wir verfügen über einen adäquaten Humor. Max v. P. ist einer von drei Österreichern in der Redaktion unserer Zeitung, die sich als bundesdeutsches Hauptstadtblatt versteht. Unser

Art-Director ist Deutschrumäne, und die Wirtschafts-
redaktion besteht aus zwei deutschstämmigen Polen. Das
legt gewisse Witze nahe; aber noch versteht es sich, sie
nur im engeren Verkehr, unter vier oder sechs Augen, zu
äußern.

Die niedrigen Sessel der Hotelhalle geben meinem heutigen Treffen mit Vera D. etwas verstörend Privates.
Schmerzlich vermisse ich die Kühle des Bonner Bahn-
hofscafés, die Härte seiner Bestuhlung, das unverblen-
dete Licht seiner Energiesparlampen. In Bonn war es mir
leichtgefallen, mich Frau Vera, höflich und souverän,
als der zu Verhandlung und Abschluss befugte Vertreter der führenden Hauptstadtzeitung zu präsentieren.
Bei Tee und Kuchen – zunächst nur Diabetiker-Gebäck,
dann bei einem ersten Sahneschnittchen und schließlich
über schweren Torten – gelang es mir, Frau Vera für meinen Plan zu gewinnen. Ich wählte den größtmöglichen
Umweg, beteuerte anfänglich, dass es natürlich undenk-
bar sei, ihre Schätze einer größeren Öffentlichkeit zu
präsentieren. Mir, dem sie bei unserem zweiten Treffen
das erste der Weißen Alben zur vertraulichen Einsicht
mitgebracht hatte, tue das allerdings im Herzen weh. Das
nächste Mal – wir saßen Schulter an Schulter über den
Bildern des Folgealbums – flüsterte ich, mir sei in ein-
samem Brüten eine rettende Idee gekommen: Sie solle
ihre Fotosammlung in eine Stiftung einbringen und den
Termin der Veröffentlichung testamentarisch festlegen.
So sei die nötige Distanz zu den Betroffenen gewahrt,
und zumindest die Nachwelt komme in den Genuss der
unvergleichlichen Schnappschüsse. Wir bestellten Her-
rentorte, und ich malte Frau Vera aus, wie das Deutsche

Historische Museum dereinst ihre Sammlung in einer Sonderausstellung präsentieren werde und dann gewiss auch ihr, der Verschiedenen, würdig zu gedenken wisse. Ich bin kein übler Zukunftsmaler, und ich sah, wie Frau Vera die Vorstellung dieser posthumen Ehrungen schmerzte. Ich verstieg mich zu der Prognose, man werde eine Straße in der Nähe des Reichstags nach ihr benennen. Aber Frau Vera winkte nur ab und meinte, mit dem Ruhm sei es wohl wie mit der geschlechtlichen Liebe, man müsse dergleichen Veranstaltungen genießen, wenn sie auf der Tagesordnung des Lebens ständen.

Max v. P. hat mir in Sachen Vera D. nie einen Auftrag gegeben. Keine ermutigende, nicht einmal eine freundlich duldende Aussage ließ sich mein Mentor bis jetzt entlocken. Wenn ich ihm nachts in der Redaktion vom Stand meiner Recherche berichtete, hörte er kommentarlos zu, zog nur ab und zu eine seiner alles und nichts bedeutenden Grimassen. Frau Vera hat bis jetzt von mir nur andeutungsweise etwas über meinen Chef gehört. Aber wenn alles gutgeht, kann es schon diese Woche zu einem Treffen der beiden kommen. Max v. P. wird mich bis ganz zuletzt im Unklaren lassen, ob und wie unsere Zeitung Frau Veras Fotosammlung ins Licht der Öffentlichkeit hebt. Wenn wir es groß herausbringen, wird mein Chef die Sache als seinen allerneuesten Coup verbuchen können. Er, der zur Überraschung der Branche noch einmal vom Fernsehen zu den Printmedien zurückgekehrt ist, zeigt dann exemplarisch, was das gedruckte, das ins Stillstehen gebannte Bild zu leisten vermag. Mir bleibt ein Randstück des Ruhms. Damit darf und will ich nicht hadern. Max v. P. wird den von mir aufgespürten Schatz

in optimaler Distanz vor dem großen kurzsichtigen Auge
unserer Öffentlichkeit zu positionieren wissen.

Frau Vera hat das Blaue Album aufgeklappt. Ich bräuchte
meine Lesebrille, um die recht kleinen Fotos scharf zu
sehen, aber ich lasse das Etui in meiner Jackentasche ste-
cken. Ich will das Blaue Album vorsichtig angehen. Das
gemeinsame Betrachten der fünf Weißen Alben hat mich
verstehen lassen, was Frau Vera schätzt: ein behutsames,
ehrfürchtig staunendes Interesse. Also zügle ich meine
Neugier; jede unbedachte, von der Neuartigkeit des
Blauen Albums provozierte Äußerung könnte das sorg-
sam aufgebaute Vertrauen beschädigen. Ich blinzele und
lausche Frau Veras ersten Erläuterungen. In den Weißen
Alben war ich im Verlauf unserer Bonner Treffen heimisch
geworden. Ihre heitere Gleichförmigkeit birgt keine
Überraschung mehr für mich. Die fünf Weißen Alben
repräsentieren in ihren vielen hundert Fotos Frau Veras
gesamtes Berufsleben; alle Aufnahmen sind an Vera D.s
Arbeitsplätzen im gastronomischen Versorgungsbereich
des Deutschen Bundestages entstanden. Die Bilder sind
chronologisch geordnet, und ich konnte, zügig durch
alle fünf Weißen Alben blätternd, wie wir es das letzte
Mal taten, Frau Vera auf eine milde Art altern sehen. Sie
war ein hübsches Mädchen, ist dann eine ansehnliche,
ausdrucksstarke, bis heute stattliche Frau. Die Arbeit in
den Küchen, an den Buffets und im Servierdienst hat es
mit sich gebracht, dass ihr schönes schwarzes Haar fast
immer unter Häubchen oder straff gebundene Kopftücher
verbannt ist. Das erste Foto, das ihre dichten dunklen Locken frei fallen lässt, stammt aus der zweiten Legislaturperiode. Sie ist strahlend jung. Im Hintergrund kann man

unscharf ein gläsernes Buffet erkennen. Die Küchenhilfe Vera D. presst ihre Mädchenwange an das Gesicht eines grauhaarigen Mannes. Gemeinsam lachen die beiden in die Kamera. Ich habe den abgelichteten Herrn nicht erkannt und musste mir sagen lassen, dass es sich um einen langjährigen Fraktionsvorsitzenden handle. Der Abgeordnete bleckt die Zähne, zeigt Plomben und Zunge. Es ist, als blickte er nicht in eine Kamera, sondern in einen vorgehaltenen Spiegel, sähe dort aber vor allem Fräulein Vera, worauf ihm, von ihrem zauberhaft offenen Lächeln mitgerissen, unwillkürlich ein eigenes, nicht gänzlich unschönes, ein mit Abstrichen vergleichbar humanes Lachen gelungen wäre.

Bei jedem der vielen hundert Fotos der Weißen Alben kann Frau Vera sagen, wer auf den Auslöser der Kamera gedrückt hat. Stets waren es Kolleginnen aus Küche, Kantine und Cafeteria, die sie um den Gefallen gebeten hat. Hier könnten noch urheberrechtliche Probleme liegen. Max v. P. hat mir letzte Nacht erlaubt, mich mit dieser Frage an unseren Justiziar zu wenden, und sicherheitshalber werde ich noch heute mit Frau Vera eine Liste der Kolleginnen anlegen, die sie im Lauf der Jahrzehnte zu fotografischen Hilfsdiensten herangezogen hat. Es war nie mehr als eine quasimechanische Unterstützung. Die Grundidee der Weißen Alben, der Einfall, der die Bilder gleichförmig und ihre Gesamtheit zur unverwechselbaren Serie macht, ist ganz und gar Frau Veras geistiges Eigentum. Auf sämtlichen Fotos ist sie selbst zu sehen, Wange an Wange mit einem Abgeordneten des Deutschen Bundestages. Und immer, ausnahmslos immer, ist es ihr gelungen, dem mit ihr Abgelichteten ein Lächeln oder Lachen, zumindest ein Grinsen, manchmal auch nur eine ins Fröhliche verquälte Grimasse zu entlocken. Alle geben sich an Veras Wange Mühe, und alle Aufnahmen der Weißen Alben sind von guter technischer Qualität. Entfernung und Belichtungszeit hat sie stets selbst eingestellt, bevor sie ihren Apparat einer Kollegin übergab. Die frühen Farbpositive haben zwar im Lauf der Jahrzehnte stark an Leuchtkraft verloren. Aber selbst dieser Verlust ist nicht endgültig. Da Frau Vera alle Negative aufbewahrt und sorgfältig archiviert hat, werden sich die rechten Farben rekonstruieren lassen.

Auch Max v. P. muss nicht alles wissen. Wenn es demnächst so weit ist, dass ich die beiden zusammenführe, werde ich Frau Vera zuvor raten, meinem Chefredakteur nichts von ihrer Berliner Erbschaft zu sagen. Schon bei unserem Kennenlernen, auf unserer gemeinsamen Bahnfahrt nach Berlin, hat sie mir von dem Verstorbenen erzählt. Die Testamentseröffnung hatte ihr damals ihre erste Reise in die Hauptstadt beschert. Bald danach habe ich auch das Foto des Erblassers zu sehen bekommen; das zweite Weiße Album beginnt mit seinem Bild. Diese besondere Position hat ihm allerdings allein der Zufall zugewiesen. Nichts, rein gar nichts hebt ihn aus der langen Serie hervor. Durch seine Großzügigkeit Frau Vera gegenüber misstrauisch geworden, habe ich gründlich recherchiert, was dieser Volksvertreter an Informationsspuren hinterlassen hat. Zwei Nächte war ich zuletzt noch im Internet unterwegs, weil eine der Suchmaschinen zu meiner Überraschung bei seinem Namen fündig geworden war. Aber es kam nur ein bescheidenes Netz tierschützender Aktivitäten zum Vorschein: Ehrenämter in einschlägigen Initiativen und mehrere von dem Abgeordneten a. D. verfasste, vielleicht auch nur unterzeichnete Aufrufe zum Schutz des einheimischen Niedrigwilds und zur Versorgung alter Zirkustiere. Auch Frau Vera will ihn nicht als einen Besonderen sehen. Denn zu spät, erst in seinem Nachleben als Pensionär und in ihrem Rentnerinnen-Dasein, ist ihm durch Inkrafttreten seines Testamentes eine gewisse Extra-Bedeutung zugefallen. In der Welt der Weißen Alben fügt er sich ohne Unterschied in die Reihe. Dort darf er nur aus einem einzigen Grund nicht fehlen: Sein lachendes Konterfei garantiert wie jedes andere, das sich im Lauf der Legislaturperioden an Frau Veras linke Schläfe presst, die Vollständigkeit der Sammlung. Alle hat Frau Vera an ihre Wange gelockt, ausnahmslos alle. Ihre schweren Weißen Alben, die sie auch die Tagalben nennt, enthalten sämtliche Mitglieder des Hohen Hauses. Das war ihr ganzer Ehrgeiz, und nie hat sie, ihm dienend, die Übersicht über das große Kommen und Gehen verloren.

Mein Chef ist berühmt für sein Misstrauen; nicht zuletzt sein Gespür für Tücke und Missgeschick hat ihn zu dem gemacht, um dessen Gunst ich nun mit anderen Aufstrebenden buhle. Letzte Nacht schob er mir plötzlich einen Zettel über den Schreibtisch. Ich verstand sofort, was er damit wollte. Drei Namen, hinter jedem ein wenige Wochen umfassender Zeitraum, auf den Tag genau begrenzt. Schon griff meine Rechte in die Innentasche meines Sakkos, wo ich außer meiner Brille auch die Diskette mit dem Gesamtverzeichnis der Namen aufbewahre. Am Ende unseres letzten Treffens hatte mir Frau Vera als Leihgabe ein kleines Notizbuch überreicht. Dessen Blättchen hatten ihr, mit spitzem Stift schreibend, bis in die letzte Legislaturperiode genügend Raum geboten. Ich hatte die Namen, die es enthielt, in den folgenden Tagen in meinen PC übertragen, dann besorgte ich mir – argwöhnisch wie mein Chef – die entsprechenden Angaben aus dem Internet-Service des Deutschen Bundestages. Vera D.s Verzeichnis der Fotografierten war dem Gedächtnis der Institution um einen Namen voraus. Der offiziellen Gesamtliste fehlte ein Kurzzeitabgeordneter. Wahrscheinlich war ihm Namensgleichheit mit einem Fraktionskollegen, der ihm im Parlament vorausgegangen war und ihn dort auch überdauert hatte, zum elektronischen Verhängnis geworden. Auch die drei Namen, mit denen Max v. P. mich und damit Vera heute Nacht prüfte, verwiesen auf Abgeordnete, deren Mandat von schwerer Krankheit oder Tod schnell beendet worden war. Ganz langsam, meinen Triumph von Namen zu Namen mehr genießend, ließ ich die von mir alphabetisch geordnete Liste über den Bildschirm laufen. Mein Chef hatte sich aus dem Leder seines Sessels gewälzt und war hinter mich getreten. Auch die von ihm Eruierten – die Eintagsfliegen, wie Max v. P. sie, in mein Ohr raunzend, nannte – hatte meine liebe Frau Vera gleich allen anderen für ihre Weißen Alben fotografiert.

Das Blättern im Blauen Album, das einer eigenen Zeit gehorcht, hat uns nun auch hier zum Bild des Berliner Erblassers geführt. Ich taste nach meiner Brille, inzwischen fühle ich mich stark genug, dem Blauen Album – dem Nachtalbum! – in die ausgewählten Gesichter zu blicken. Die Selektion war es, die mich bis jetzt zurückschrecken ließ. Die künstlerische Kühnheit und zugleich die besondere Gnade der Weißen Alben liegen in dem durch alle Jahrzehnte strikt eingehaltenen Gebot, jeden – ausnahmslos jeden – Abgeordneten in einem Doppelportrait zu fixieren. Das Blaue Album dagegen wählt aus, und die knappe Hundertschaft der Auserkorenen steht wie ein Einzelner der Masse der Nichtaufgenommenen gegenüber, jenen Abgeordneten, die das Nachtalbum durch Ausschluss verwirft. Sie, die ich in den fünf Tagalben, mehr oder minder glücklich grinsend, als gegenwärtig bewundern durfte, sind nun auf grausam lakonische Weise passé. Fast fühle ich mich zu dem törichten Gedanken verführt, sie wären, nur um sich den späteren Ausschluss aus Frau Veras Blauem Album zu ersparen, besser erst gar nicht zur Wahl in den Bundestag angetreten.

Frau Veras violettlackierter Zeigefingernagel umkreist das Portrait des großzügigen Erblassers. Das Wenige, was sie von ihm zu erzählen weiß, war schnell noch einmal gesagt gewesen. Sein Bild ist schwarzweiß. Alle Fotos des Nachtalbums sind – Frau Vera hat es mir eben erklärt – mit lichtempfindlichen Schwarzweißfilmen aufgenommen. Immer noch sei sie stolz auf das technische Gelingen. Jedes Bild habe sie ohne Blitz, mit langer Belichtungszeit freihändig geschossen. Stets sei das Licht gleich knapp gewesen. Immer hätten die Deckenleuchte des Schlafzimmers und die beiden schwachen Birnen der Nachttischlämpchen ausreichen müssen. Ein Glück, dass die Portraitierten, da sie ja alle gleichermaßen ermattet eingeschlafen seien, auch in gleicher Weise stillgehalten hätten.

Max v. P. hat mir letzte Nacht erstmals eine Frage zu Vera D.s Nachtalbum gestellt. Es geschah gegen Morgen.

Mein Chef hatte mich gezwungen, eine ganze Flasche seines Mocca-Likörs mit ihm zu leeren. Die Frage war, ihrer Verspätung entsprechend, von schwer zu überbietender Rohheit. Ich antwortete ihm trotz meiner Trunkenheit mit einer Gelassenheit, auf die ich noch heute stolz bin. Es sei – sagte ich schwerzüngig – belanglos, mit wie vielen der Fotografierten Frau Vera geschlechtlichen Verkehr unterhalten habe. Max v. P. versuchte meine Souveränität mit einer höhnischen Grimasse und einem brüllenden Auflachen zu unterlaufen. Mit beiden Händen schlug er mir auf die Schultern, als gelte es, einen träumenden Halbwüchsigen auf den Boden der Tatsachen herabzuholen. Ob ich denn so besoffen sei, dass ich nicht mehr wisse, welchem Geschäft wir beide nachgingen. Das Gegenteil sei der Fall, konterte ich, mir sei aus professionellem Grund alles Geschlechtliche quasi heilig. Aber wer in Sachen Vera D. Wesen und Wirken der sinnlichen Stellvertretung auf die bloße Anzahl der Repräsentanten reduziere, gerate auch diesbezüglich in den blinden Winkel der Ignoranz und der Zweckhuberei. Max v. P. glotzte mich misstrauisch an. Bäurisch, hinterwäldlerisch kam mir mein Chef einen Augenblick lang vor. Frech schwadronierte ich weiter. Ich hatte Oberwasser, und Max v. P. ließ mich gewähren. Er drehte sich um, kochte noch einmal Kaffee, blieb lange stumm, und einer nicht ungnädigen Schnute, die er im Abwenden gezogen hatte, glaubte ich sicher entnehmen zu dürfen, dass er mir nun erst recht freie Hand lassen würde. Aber dann fiel er mir doch noch einmal ins Wort. Ganz leise – ich musste die Ohren spitzen, um sein Murmeln zu verstehen – verbot er mir, Frau Vera wie bisher in der alten Hauptstadt zu treffen. Alles Weitere müsse im neuen Berlin geschehen.

Das Blaue Album währt lang. Frau Vera lässt sich mit dem Umblättern Zeit. Ab und zu muss ich die Brille abnehmen, um mir den Schweiß aus den Augenwinkeln zu wischen. Die Empfangshalle des Hotel Bleibtreu hat sich – die großen Fenster sind unverhangen – arg erwärmt. Die Männer des Blauen Albums tragen alle, ohne Ausnahme, den gleichen längsgestreiften Pyjama. Der Bildausschnitt zeigt den weitgeschnittenen Kragen, die Schultern und den Ansatz der Ärmel. Manchmal, je nachdem, wie hoch der Schläfer die Bettdecke gezogen hat, ist auch der erste Knopf des Oberteils abgelichtet. Wenn man ihn sieht, ist er stets geschlossen, als habe eine mütterliche Hand dafür Sorge getragen, dass sich der Schlafende nicht unbekömmlich weit entblöße. Ich wage es, Frau Vera nach der Farbe des Pyjamas zu fragen. Freimütig gibt sie mir Auskunft. Ihr Gästeschlafanzug – sie habe drei verschieden große, aber gleichgemusterte Sets im Schrank – sei hellblau mit weißen, grauen und dunkelblauen Streifen. Blau stehe den Männern zur Nacht, meint sie ernst, ganz ohne Anzüglichkeit, und ich muss ihr recht geben. Eine weitere Frage liegt mir auf den Lippen, aber es wäre wohl unschicklich, sie jetzt schon zu stellen: Die Frisuren der Schlafenden sind mir ein anrührendes Mirakel. Allen auf Frau Veras Kopfkissen Ruhenden scheint das Haar geordnet worden zu sein. Keine Strähne hängt in die Stirn, jeder Scheitel ist wie frisch gezogen. Und bei den Kahlen, deren Restbestand an Haupthaar bekanntlich zu besonders komischen Verwirrungen neigt, sind Haarkranz und Koteletten fast künstlich exakt auf Linie gebürstet.

Frau Vera blättert um. Auch die neuen Seiten zeigen keinen mir von irgendwoher Bekannten. Bis jetzt hat das Nachtalbum nicht einen einzigen Prominenten geboten. Nur ein Narr wird das für einen Mangel halten. Und wenn doch noch ein schlafender Minister erschiene, es würde wohl wenig am milchigen Gleichfluss der nächtlichen Serie ändern. Das Blaue Album ist groß. Max v. P. wird es, wenn er der Bilder ansichtig wird, zumindest mit einem steirischen Schnauber und einer grandiosen Extra-Grimasse quittieren müssen. Ich werde Frau Vera, die nach ihrer Erbschaft das Geld nicht mehr nötig hat, raten, gleichwohl eine unerhört hohe Summe für ihre Alben zu verlangen. Mehr soll es sein, als unsere sogenannten einheimischen Stars, unsere Volksschauspieler und Nationalsportler, für ihre armseligen Lebensbeichten erhalten. Billig, spottbillig kommt es Max v. P., stellvertretend für unsere Zeitung den Meistbietenden zu mimen. Bald wird es geschehen. Ich werde Vera D. und Max v. P., ich werde die beiden mächtigen Leiber zusammenführen. Und wenn es vor meinen Augen geschieht, wenn die Vermittlung gelingt, wird es sein – wie klein bleibt die Übertreibung! –, als hätte man uns einen Himmel auf Erden verkauft.

45:00

GENEIGTHEIT In miserablem Licht, von höllischer Musik gepeinigt, beuge ich mich zur Abfassung dieses Textes über die Theke eines öffentlichen Ausschanks, benannt Loulou's Private Club. Das elende Etablissement ist, wie Vieregge mir erst vorhin bei unserem Eintreten verriet, traditioneller Treffpunkt der Kleinkriminellen des Bezirks, und in das Zwielicht dieser Tradition scheint Nachbar Viereggeses in viereinhalb Jahrzehnten akkumuliertes Wissen ein Stück weit hineinzuleuchten. Mir ist aus eigener Erfahrung nichts weiter über Loulou's Private Club verfügbar als das sich zügig verhärtende Bild meines jetzt hier stattfindenden Besuchs, und aus den Runzeln des mit mir alternden Eindrucks lese ich, dass die Mühen der Niederschrift, dass das stockende Schmieren des vom Wirt erborgten Kugelschreibers, dass die Minderwertigkeit des mir von Vieregge überlassenen Papiers, eines einseitig bedruckten Werbefaltblatts, dass der ganze Umstand und Aufwand meiner Textabfassung nur als die süße Fron eines Liebesdienstes zu verstehen und zu rechtfertigen wären.

BEFLISSENHEIT Ich schreibe, so schnell ich kann. Von links hat Vieregge in freundlicher Absicht ein kleines Bier in mein Sichtfeld geschoben. Ich schlürfe flüchtig am Schaum, ohne das Gefäß, wie es angeraten scheint, zu einem leutseligen Rundumprosten zu erheben. Noch geniere ich mich nicht. Aber ich weiß: Die Anstößigkeit meines Tuns, das eilige Kritzeln, das Drücken und Ziehen des widerspenstigen Schreibgeräts, mein Stieren auf das von dessen Kugelspitze unsauber Abgerollte, das ganze schriftsetzende Gehabe steigt auf zur rauch- und ungeziefergeschwärzten Decke dieser Trinkbedürfnisanstalt, röhrt schier durch deren dünnen Spannbeton zum nächtlichen Himmel. Ein Glück noch, dass die Wette, die ich, kaum eingetreten, mit dem Unbekannten zu meiner Rechten eingegangen bin, mein Versunkensein in den Text zwar nicht entschuldigt, doch im Bannkreis einer labilen, nur verhohlen grollenden Duldung hält.

FÜRSORGLICHKEIT Die Fortschrift wird zeigen, was mir der mündliche Kontrakt, die fahrlässige Wette mit dem wuchtigen, körperlich fast überpräsenten Nochnamenlosen einbringt. Vieregge scheint zu ahnen, was ich uns eingehandelt habe, und hält mich doch unverändert ins Herz geschlossen. Wir wohnen im selben Haus, parterre, Wand an Wand, und auch die zu unseren Wohnungen gehörenden Kellerabteile liegen, von brüchigen Latten nur symbolisch getrennt, beieinander. Dort unten fand ich Nachbar Vieregge letzten Winter. Er lag, von einer unwiderstehlichen Müdigkeit niedergezogen, von Bruchbriketts und Flaschenscherben umrahmt, auf dem eisigen Estrich des Kellers. Seine spärliche, nur Brust und Geschlecht verhüllende Bekleidung und seine sich in der frostigen Kellerluft fast destillatrein verbreitende Ausdünstung ließen mich schließen, dass mein Nachbar eine gründliche Einzelsitzung über klarem Getränk unterbrochen hatte, um Material zur äußeren Wärmeerzeugung aus dem Keller hochzuholen. Heute noch, hier auf diesem Blatt, verzeichne ich mit Stolz, dass es mir gelang, den selig bewusstseinsfreien Vieregge, einen kleinen, dickleibigen Mann, am Bund seiner Unterhose nach oben zu schleifen und vor meinem Ofen auf das Sofa zu betten, wo er, erwacht, mit affenfixer Auffassung begriff, wie er dorthin gekommen war, und in einem Anflug von Scham das Unterhemd über den bloßliegenden Bauch zog, um mich dann als seinen Retter zu preisen.

VERBUNDENHEIT Alle Anwesenden sind männlichen Geschlechts, und alle, mich und meinen Wettgegner ausgenommen, haben sich mehr oder minder eingehend damit befasst, jene an Angeln beweglichen, durch innere oder äußere Riegel arretierbaren Platten, die man leichthin Türen nennt, mit primitiven bis raffinierten Techniken zu öffnen, um so zu begehrten Gütern vorzudringen. Selbst Vieregge, gelernter Dreher und seit Urzeiten in einem Betrieb beschäftigt, der Inschriften in Metallschilder fräst, hat vor kurzem aus reiner Gefälligkeit seinem Schwager dabei geholfen, eine museumsreife, aber fast lautlos arbeitende Gewindeschneidemaschine an der Rückwand eines Stahlschrankes anzubringen. Mit diesem Handwerk ist in höherer Form mein schon mehrfach erwähnter Wettpartner zur Rechten verbunden. Am Ende einer Zeile angelangt, stieß ich soeben mit dem Ellenbogen gegen seinen ungeheuren Oberarmstreckmuskel, der dem gegenläufigen Bizeps weder an Schwellung noch an Härte nachsteht. Wie sinnträchtig könnten sich die gewaltigen Arme des Unbekannten mit traditionellem Werkzeug zu einer Hebelmaschine verbinden – mein

Wettgegner jedoch beschränkt sich seit jeher auf die gewinnbringendere Weitervermittlung des durch Auf- und Einbruch Erbeuteten. Jetzt nutzt Vieregge ein infernalisches Aufheulen der Musik dazu, mir ins linke Ohr zu raunen, der Massigmächtige habe sogar damit begonnen, Menschen zu importieren. Einschlägige Fachleute seien im Osten spottbillig zu haben und würden nun zur Bestürzung der örtlichen Zunft in allen althergebrachten Bruchbereichen tätig.

VERBINDLICHKEIT   In meiner Jugend und erst recht in meinen Jungmännerjahren habe ich mit hysterischer Phantasie gewettet, wo immer sich eine Gelegenheit auftat. Meinem Nachbarn Vieregge, der denselben Sport auf behäbigere Weise, fast in einer Art Altherrengangart, betreibt, ist es allerdings nicht mehr gelungen, mich, den längst Ernüchterten, zu einem Risikovertrag über den Verlauf der näheren Zukunft zu verleiten. Ich spürte und hörte Viereggges Erschrecken in einem jähen Lufteinsaugen an meinem linken Ohr, als ich dem Bulligmuskulösen, von seinem Hohn herausgefordert, in halsbrecherischer Vorwärtsverteidigung eine Wette vorschlug. Aus den Augenwinkeln sehe ich jetzt, dass er ein unglaublich flaches elektronisches Notizbuch hervorgezogen hat. Es ruht auf dem breittrainierten Handteller seiner Linken, während die bis ins letzte Glied muskelprallen Finger seiner Rechten in einer Weise über die winzige Tastatur des Rechners trommeln, die mich entsetzt wahrhaben lässt, wie widerspruchslos in meinem Gegner Fixheit und Rohheit ineinanderwirken.

GEFÄLLIGKEIT   Viereggges Schwager, ein zierlicher Mann, kleiner und leichter noch als ich, hat den Anlass für die Tastenarbeit zu meiner Rechten gegeben. Eine Sporttasche schleppend, ist er an den Barhocker des Massigen herangetreten, um einen geneigten Blick auf frisch erbeutetes Gut zu erbitten. Jetzt hat der potenzielle Aufkäufer seine Berechnungen beendet. Er gibt dem Anbieter Bescheid. Ich höre nur mit einem Ohr, aber doch deutlich, dass die aus dem Osten herbeigeschafften Halbsklaven meines Wettgegners erst letzthin vergleichbare Ware in übergroßer Menge erbeutet hätten, dass der Preis, der Vieregges Schwager geboten werden könne, daher gering sei, dass ein eventueller Ankauf an sich schon als eine Gefälligkeit verstanden werden müsse. Mit Schaudern vernehme ich den Ton, in dem die Botschaft das Ohr des kleinen Mannes erreicht. Ein süßliches Säuseln ergießt sich über den Herangetretenen, ein falschmütterliches Bedauern macht Vieregges Schwager zu nichts als einem Bittsteller – und ich, gegen die Uhr an meinem Text weiterschreibend, empfinde es als persönliche Genugtuung, dass der Unbekannte mich mit Bösartigkeit in das Angebot der Wette getrieben hat und dass der von ihm festgesetzte Wettpreis eine brutale Drohung darstellt.

DIENSTBARKEIT Es ist mir nicht entgangen: Nachbar Vieregge hat außer drei eigenen Bieren auch das mir zugeschobene leer getrunken. Gewiss trinkt er sich Mut an. Obwohl er in eingefleischter Schwarzsicht nicht an meine Rettung glaubt, will er seine unmaßgebliche Stimme, will er das bescheidene Gewicht seines kleinen kugeligen Leibes – und sei es nur als eine Art Puffer – für mich verwenden, sobald der Übermächtige an die Eintreibung der Wettschuld geht. Vermutlich wirft Vieregge sich vor, mich, den Halbweltfremden, in Loulou's Private Club mitgenommen zu haben. Aber er soll nicht denken, dass ich ihm deswegen gram bin. Im Gegenteil, ich preise hier und jetzt, in diesen letzten Schreibminuten, den Augenblick, in dem ich unter das dunkle, wulstlippig aufgeworfene Teerpappedach des Nachtclubs trat; denn hier im dumm machenden Stampfen der Musik, in einem Licht, das jede Kontur in einen vagen Schmierer entwirklicht, zur Niederschrift herausgefordert worden zu sein, ehrt mich, weil es ganz dem Wesen meines Dienstes entspricht. Die vorletzte Minute läuft. Es bleibt zu erzählen, wie der Unbekannte, plastisches Bild gestockter Spannung und zugleich ihrer gewalttätigen Entladung, in mir den Schreibenden enthüllte. Kaum hatte ich am vernarbten Blech der Theke Platz genommen, fragte er brüllend laut, was denn in Gottes Namen ich für eine Witzblattfigur sei, und diese Benennung, die ihr innewohnende schmähende Verflachung, ermöglichte es mir in wunderbarer Weise, mich ohne Zögern und Erröten als einen Schriftsteller zu bekennen. Dies könne ein jedes freche Großmaul behaupten, höhnte der Unbekannte, worauf ich zu Vieregges aufschnaufendem Entsetzen als Wette anbot, mit einem ad hoc verfertigten Werkstück die Wirklichkeit meiner Schriftstellerei unter Beweis zu stellen. Der andere, den ich hier nicht meinen Feind nennen will, fragte daraufhin Vieregge nach dessen Alter und setzte die von meinem Nachbarn genannte Zahl als Zeitraum zur Erfüllung der Wette fest. 45 Minuten lang solle ich meine Schriftstellerei betreiben und dann das zu Papier Gebrachte lautstark allen Anwesenden vortragen, die durch Akklamation oder schmähendes Pfeifen entscheiden sollten, wer die Wette gewonnen habe. Die nicht mehr zu steigernde Fahlheit Vieregges zeigt mir an, wie er die Literaturliebe seiner Genossenschaft einschätzt. Über seinen Tränensäcken, in den Schlitzen, die seine Lider lassen, glaube ich ein gelbliches Glitzern wahrzunehmen, er kennt seinesgleichen, und gewiss fürchtet er, dass mich außer einer brutalen Maulschelle meines Wettgegners noch zahlreiche Hiebe und Tritte des von Niederschrift und Vortrag erbosten Publikums treffen werden – mich jedoch, den endlich verbindlich zu seinem Minnedienst Verpflichteten, sorgt mehr die andere Möglichkeit des Wettausgangs: Welch Lichtengel wird mir die Rechte, die Schreibhand, zum Schlage führen, wenn es gilt, vom Beifall genötigt, über die Masse der unbenannten Körpermacht hinweg deren Schandmaul wie mit einem Kuss zu richten.